그래도 돈 주는 놈이 낫다

그래도 돈주는 놈이 낫다

초판 1쇄 발행 2012년 3월 1일

지 은 이	나희
발 행 인	권선복
편집주간	오성용
디 자 인	최새롬
편 집	박소은, 이정화
발 행 처	도서출판 행복에너지
출판등록	제315-2011-000035호
주 소	서울특별시 강서구 화곡동 24-322
전 화	0505-666-5555
팩 스	0303-0799-1560
홈페이지	www.happybook.or.kr
이 메 일	ksb6133@naver.com

값 11,000원
ISBN 978-89-97580-01-9 03810

도서출판 행복에너지는 독자 여러분의 아이디어와 원고 투고를 기다립니다. 책으로 만들기를 원하는 콘텐츠가 있으신 분은 이메일이나 홈페이지를 통해 간단한 기획서와 기획의도, 연락처 등을 보내주십시오. 행복에너지의 문은 언제나 활짝 열려 있습니다.

그래도 돈 주는 놈이 낫다

도서
출판 행복에너지

목차

Prologue

누군가 글쓰기는 결핍의 소산물이라고 했다. 혹은 비참한 현실로 인해 생긴 내면의 피멍을 토해 놓은 것이 글쓰기라고 했다. 하지만 이 세상 그 누가 삶 깊숙이 자리한 존재의 고통, 외로움, 관계의 비참함, 희망과 추락으로부터 자유로울 수 있을까? 이 글은 순수 창작물이지만 또한 100% 현실이기도 하다. 따라서, 이 글 속에 녹아 있는 진정성을 통해 이 세상 어느 누군가가, 단 한 명의 독자가, 단 한 명의 사람이 진정한 마음의 위안을 얻는다면 그걸로 충분히 행복하리라 믿는다.

"당신은 유죄입니다
내 마음의 성역을 침범한 죄
바로 그것이
당신의 죄목입니다"

그래도 돈 주는
놈이 낫다

난 5년 동안 한 남자와 바람을 피웠다. 그게 사랑인 줄 알았다.

난 5년 동안 한 남자와 바람을 피웠다.

그게 사랑인 줄 알았다.

남들이 볼 때 전혀 사랑이 아닌데, 왜 사랑이라고 생각했는지 잘 모르겠다.

지금 생각하면 그는 나를 진심으로 사랑하지 않았는데…….

난 늪에서 헤어나지 못하는 불쌍한 사슴처럼 그를 벗어나지 못했다. 가정도 버리고 자식도 버리고 그 사람을 위해 갔지만 그 사람은 끝내 나에게 오지 않고 나를 버렸다. 그렇게 몸과 맘이 만신창이가 되었을 때 난 비로소 그것이 진짜 사랑이 아닌 줄 알았다. 난 왜 그렇게 어리석었을까? 왜 난 그 동안 미친년처럼 살았을까? 이제부터 내가 살면서 가장 후회하는 일에 대해 이야기하려고 한다.

first

나는 그 남자를 5년 전 뉴욕에서 처음 봤다. 그때 난 본사 매니저들과 연간 미팅을 하기 위해 보스턴으로 출장을 갔다. 결론도 나지 않는 골치 아픈 미팅을 며칠씩 한 후 지친 몸과 마음을 끌고 뉴욕으로 가는 미국 국내선을 탔다. 출발 시간이 지났는데도 웬일인지 비행기가 뜨지 않았다. 불안감이 기내에 번지기 시작했다. 사람들이 웅성거리자 안내 방송이 나왔다. 짙은 안개 때문에 출발이 지연되고 있다고 자리에서 움직이지 말고 차분하게 기다려 달라는 안내였다. 난 지나가는 승무원을 붙잡고 한국 가는 비행기를 연결해서 타야 한다고 말했지만, 그 승무원은 천재지변 때문에 비행기가 뜨지 못하는 건 누구도 어쩔 수 없다며 어깨만 한 번 으쓱하고 걸어가 버렸다. 온 세상이 하얗게 덮이고 한치 앞도 보이지 않았다. 언제 출발할지 몰라서 노트북과 휴대폰도 쓰지 못한 채 자리를 지키며 3시간을 기다린 후에야 비로소 이륙했다.

케네디 공항에 도착했을 땐 한국행 비행기가 이미 출발하고 없었다. 그 다음에 탈 수 있는 가장 빠른 비행기는 새벽 한 시에 있었다. 할 수 없이 그 시간으로 표를 예약하고 남은 12시간을 어떻게 때울까 고민하다가 택시를 타고 맨해튼에 있는 모마(MOMA) 현대 미술관으로 갔다. 처음에는 비행기를 놓친 것 때문에 속상했는데, 멀리서 맨해튼이 보이자 천재지변 덕분에 나만의 시간이 생긴 것 같아 기분이 좋아졌다. 늘 빡빡한 일정 때문에 미국에 와도 사무실과 호텔, 공항만 왔다 갔다 했다. 일이 아니라 나를 위해 뭔가를 보러 미국에 간다는 것은 생각할

여유조차 없었는데 뜻하지 않게 뉴욕 거리를 헤맬 수 있는 기회가 생긴 것이었다. 난 택시에서 내리자마자 미술관에 뛰어 들어가 표를 샀고 꼭대기 층부터 그림과 조각들을 거의 삼켜버릴 듯한 눈빛으로 탐닉했다. 그날은 단-페르조브스키(Dan-Perjovschi)의 낙서 같은 그림이 특별전으로 마련되어 있었다.

마커로 그린 듯한 그림이 미술관 벽을 도배하고 있었고 그 아래 일반 사람들이 그림을 그릴 수 있는 체험장도 마련되어 있었다. 나도 그림 하나를 그려놓고 평소에 꼭 보고 싶었던 마티스의 '댄스'를 찾아 올라갔다. 의외로 마티스의 그림은 전시장이 아닌 구석진 계단의 한 면에 걸려 있었다. 사람들이 별로 지나다니지 않았다. 난 굽이 높은 구두를 신고 있어 발이 아팠기 때문에 구두도 벗은 채 발을 쭉 펴고 계단에 걸터앉아 거의 무방비 상태로 '댄스'를 하염없이 바라보고 있었다. 그때 누군가가 걸어오는 소리가 들렸다. 구두굽 소리가 둔탁한 걸 보아 남자인 것 같아서 얼른 구두를 찾아 신으려고 했는데 서두르다 그만 떨어뜨려서 구두가 때굴때굴 계단 아래로 굴러갔다.

당황해서 맨발로 내려가려고 하는데 소리가 들렸다.

"Wait. Let me get it for you."

뒤에 있던 동양인 남자였다. 남자는 당황하는 나 대신 계단을 내려가 구두를 주워왔다. 난 부끄러워서 얼굴이 새빨개진 채로 고맙다는 말만 거듭했다. 주워준 구두를 신었지만 일어나기 어색해서 그대로 계단에 앉아 있었다.

그 남자는 계단 난간에 몸을 기대고 서서 마티스의 '댄스'를 구경하고 있었다. 검정색 폴로티에 청바지를 입고 있었고 맨발에 로퍼를 신고 있어도 어색하지 않은 40살 정도의 키가 큰 동양인이었다. 난 마치 어제 있었던 일처럼 그 사람의 희미한 눈썹과 얇은 금테 안경에 두껍지도 얇지도 않은 입술까지 또렷하게 기억하고 있었다. 아마도 난 마티스의 '댄스' 대신 그 남자를 감상하고 있었는지도. 잠시 후 그는 아무 말 없이 나갔고 나는 그제야 일어나 다른 전시장으로 옮겨갔다.

짧은 시간 동안 미술관에 걸려 있는 작품을 하나라도 더 보려고 전시장과 전시장 사이를 뛰어다녔다. 폐관 시간이 되어 안내 방송이 나오고 여기저기서 불이 하나 둘씩 꺼질 때 난 아쉬움을 뒤로 한 채 미술관을 나왔다. 희미하게 들리는 재즈 소리를 따라 록커펠러 센터로 걸어갔다. 사람들이 둘러서서 노래를 듣고 있었고 노천카페에서는 맛있는 냄새가 났다. 오후 내내 아무 것도 먹지 않고 돌아다닌 탓인지 뱃속은 냄새를 맡고 난리가 났다.

풍경의 한 조각처럼 나도 얼른 비어 있는 탁자에 앉아 와인과 올리브 파스타를 시켰다. 오렌지 빛깔의 황혼녘이 고층 빌딩 사이로 지고 있었다.

라이브 재즈 음악과 함께 차가운 와인을 몇 모금 마시니 온 세상이 몽롱해지며 편해졌다. 아마도 그때의 내 얼굴을 사진작가가 찍었다면 제목을 '편안한 행복'이라고 붙여줬을지도 몰랐다. 자식에 대한 의무감, 아내로서의 의무감, 직장에 대한 의무감을 모두 떨쳐버린 채, 혼자 땅

거미 지는 뉴욕 노천카페에 앉아 여유롭게 와인을 마시는 나. 황홀한 기분이었다. 내 인생에서 누구도 감히 침범하지 못하는 완벽한 자유의 시간이라고 할까? 온몸이 기분 좋게 나른해질 때였다. 수많은 인파 중에 유독 한 남자가 눈에 들어왔다. 모마에서 봤던 그 동양인 남자가 걸어와서 재즈 뮤지션의 연주를 구경하고 있었다.

순간 너무 반가웠다. 내 구두를 친절하게 주워주고, 홀연 떠나버린 남자를 다시 만나서? 아니면 이 낯선 거리에서 아는 얼굴이라서? 남자가 내 쪽 어딘가를 쳐다 볼 것 같을 때 나는 시선을 돌렸다. 반가운 마음 한편에는 창피한 구석도 있었다. 모르는 척 다른 곳을 보던 중, 파스타가 나왔다. 나는 미술관에서 가져온 안내 책자에 시선을 두고 천천히 파스타를 먹기 시작했다. 갑자기 어떤 남자가 영어로 합석을 해도 되냐고 물어왔다.

나? 설마…….

책자에서 눈을 떼고 올려다보니 그 모마 남자가 날 보며 웃고 있었다.

난 얼떨결에 영어로 앉으라고 했다.

"한국 사람이죠?"

맞은편에 앉은 남자가 대뜸 물었다. 난 약간 놀라면서 어떻게 알았냐고 되물었다.

"생긴 모습이 일, 중, 한 중에 하나고, 옷차림이 중국 사람은 아닌 것 같고. 일본과 한국 중에서 골라야 하는데 일본 사람은 좀 더 소심하게 앉아서 먹거든요. 아까처럼 구두 벗고 계단에 앉아 있는 것도 일본 사람이 자주하는 짓은 아니죠."

약간 창피했지만 맨해튼 한복판에서 한국 사람을 만나는 것은 기분 좋은 일이었다.

그는 교환 교수로 8개월 동안 콜롬비아 대학에 머물고 있으며 이전에 박사 과정은 프린스턴에서 받았다고 했다.

"여기 자주 오세요?"

"주말에 자주 오는 편이죠. 알다시피 미국 미술관, 박물관이 하도 커서 그냥 한 번으로 볼 수 있는 게 아니니까 한군데 정하면 몇 주씩 계속 다니는 것 같아요. 뉴욕은 예술의 창고라고 부르고 싶어요. 아님, 끊임없이 새로운 것이 창조되는 마술 맷돌? 이런 걸 경험하고 싶어서 여기에 왔는데 잘한 것 같아요. 그런데 여기는 무슨 일로?"

"보스턴에서 미팅하고 비행기가 연착되는 바람에 한국 비행기를 놓쳤어요. 그래서 다음 비행기까지 시간이 남아 부랴부랴 맨해튼으로 온 거예요. 이제 비행장으로 돌아가야 할 시간이 4시간 밖에 안 남았네요. 아쉬워라. 저도 교수님처럼 여유 있게 몇 달 지내고 싶은데……. 하지만 전 이 시간이 주어진 것만 해도 감사해요. 정말 꿈만 같아요."

한국에서 전화가 왔다. 남편이었다. 뒤에서 '엄마'라고 부르는 아들의 목소리도 들려왔다.

"응. 나 지금 저녁 먹고 있어. 록커펠러 센터 노천카페에 앉아서 먹어. 혼자 아니야. 미술관에서 만난 분이랑 같이 먹어. 한국에서 교환 교수로 온 분이라고 하네. 새벽에 비행기 타면 한국에 가도 새벽에 도착해."

"아니, 아니, 너무 일찍이야."

"오지 마. 내가 택시 타고 갈게. 내일 봐."

끝날 때까지 통화를 듣고 있던 남자의 얼굴이 어쩐지 어두워지는 것 같았다.

그 사람은 한국대학 정치학과에서 근무하고 있었고 그림과 예술 다방면에 관심이 많았다. 자신이 직접 그림을 그리기도 한다며 다음에 전시회를 하면 부르겠다고 연락처를 받을 수 있는지 물었다. 나는 명함을 줘야 할지 망설였다. 여자의 육감이랄까? 난, 주면 안 될 것 같았다. 그럼 뭔가 원하지 않는 일이 생길까 봐 두려웠다. 그런 내 맘을 읽었는지 그 사람이 웃으면서 혹시라도 연락하고 싶으면 학교 웹 사이트에 있는 이메일로 연락하라고 말했다. 난 속으로 안도의 한숨을 쉬며 그러겠다고 했다.

내가 묻지도 않았는데 그 사람은 아내와 사이가 좋지 않아서 미국에 혼자 와 있다고 했다. 아이는 누가 데리고 있냐고 물었더니 그 사람은 약간 머뭇거리다가 멍한 눈으로 아이가 없다고 말했다.

이런저런 살아가는 이야기를 나누다 보니 어느새 비행기를 탈 시간이었다. 서둘러 일어나려는데 그 사람은 나를 공항까지 태워주겠다고 했다. 난 일말의 망설임도 없이 태워 달라고 말했다. 낯선 곳에서 만난 사람을 어떻게 믿고 차를 덜컥 탔는지 나 스스로에게 놀랐다. 평소에 모르는 사람 차를 얻어 타고 연쇄살인범에게 살해당하는 여자들을 경솔하고 바보 같다고 욕했는데 내가 바로 그 짓을 하고 있었다. (난 아마 그때부터 미쳤는지 몰랐다.)

분명히 속으로는 그 사람과 더 오래 있고 싶은 맘이었다. 흑인이나 남미 사람이 모는 택시보다 몇 시간 이야기한 한국 사람이 모는 차가 더 안전할 거라고 스스로 합리화했다.

자꾸 남편이 떠올랐다. 그냥 차 한 번 얻어 타는 건데……. 통통하게 배가 나오고 머리털이 성성해진 남편이 생각났다.

"정말 친절하신 것 같아요. 모든 한국 사람한테 다 이렇게 친절하세요?"

"여기 와서 몇 달 만에 처음으로 한국말 하는 것 같은데요. 그래서 더 반가운 것 같아요. 제가 말하는 걸 별로 좋아하지 않아서요."

"정말요? 저랑 이야기할 때는 말씀 잘하시는데요. 전혀 말수 없는 분으로 보이지 않아요."

"특별한 사람을 만난 것 같네요."

그가 그렇게 말하고 음악을 틀었다.

페기리의 'I only have eyes for you'가 흘러나왔다. 마치 대학 시절로 돌아가 첫 미팅을 하고 남자가 집까지 나를 데려다 주는 느낌이었다. 이상하게 맘이 애틋하고 손이 땀으로 축축해졌다.

뉴욕의 찬란한 불빛이 나른한 노랫소리와 함께 뒤로 밀려났다. 복잡한 고속도로를 몇 번 바꿔 타자 공항으로 안내하는 이정표가 보였다. 반가웠다. 난 공항에 도착하자마자 그에게 인사하고 도망치듯 불 켜진 공항 라운지로 뛰어갔다. 아……. 아쉬웠지만 그렇게 맘이 편하고 좋을 수가 없었다. 익숙하고 평화로운 나의 세계로 다시 온 것 같아서 안도의 숨을 내쉬었다.

한국에 도착해서 짐을 찾고 나가자 새벽 4시 30분이었다. 아무도 나와 있지 않았다. 남편에게 오지 말라고 했지만 정말 나와 있지 않으니 섭섭했다. 택시를 타고 혼자 집으로 갔다. 남편은 잠이 덜 깬 얼굴로 나를 반갑게 쳐다보며 왔냐고 했다. 남편의 헝클어진 머리칼, 눈곱 끼고 개기름이 흐르는 얼굴, 순간 난 현실로 돌아왔다는 느낌이 확 들었다. 마치 찬물을 바로 얼굴에 끼얹듯……. 내 현실은 지지리도 더럽고 힘들었다.

집안은 엉망으로 어질러져 있고 개수통 안에는 음식물이 들러붙은 그릇이 잔뜩 쌓여 있었다. 화장실에는 물때가 덕지덕지 끼어 있었고 지린내가 진동했다. 빨래 통은 더러운 옷으로 넘쳐 나고 남편 방은 안 치워서 쓰레기가 가득 쌓여 있었다. 신혼 때부터 그렇게 잔소리를 해도 이 남편의 버릇은 도저히 어쩔 수가 없었다. 바둑, 체스, 복사물, 잡지, 책들이 바닥에 널려 있고, 그 위에 코 푼 휴지, 과자 봉지, 햄버거 껍질, 피자 상자까지 던져져 있었다. 심지어는 사과나 샌드위치 먹던 것도 뒤쪽으로 휙 던져버린 건지 곰팡이 꽃이 핀 것을 찾아내기도 했다.

구석에는 그리다 내버려둔 이젤, 아크릴 판으로 만든 이상한 모형들이 거미줄과 함께 먼지를 뽀얗게 덮어 쓰고 있었고, 바닥에 내버려둔 물감은 터져 여기저기에 말라붙어 있었다. 처음에는 힘들어 하면서도 애써 방을 치우기도 하고 남편과 수십 번 싸워도 봤지만, 더러워도 편하고 싶다는 남편을 고칠 수 없었다. 차라리 자기 방을 '자유의 땅'으로 이름 짓고 맘껏 어지를 수 있는 곳으로 만들어 달라고 부탁을 할 정도였다. 난 거실과 나머지 부분을 어지르지 않는다는 조건을 내걸고 그 방을 인정해주었다. 자유의 땅이건 억압의 땅이건 신경쓰지 않는 게 나은 것 같았다. 남편 차도 더럽기는 마찬가지였다. 뒷좌석에는 사람도 못 앉을 정도였고, 손 세차를 가도 직원들이 어디부터 손을 대야 할지 몰라서 곤란한 표정을 짓곤 했다. 파출부 아주머니도 몇 번을 치웠지만 남편이 어지르는 속도를 따라가지 못했다. 남편 방에 이상한 생물이 살지는 않는지 약이나 치고 곰팡이 핀 걸 찾아 버려주는 정도였다.

남편 혼자 아들을 데리고 일주일 동안 살아남은 것만 해도 감지덕지할 일인데, 난 은혜를 원수로 갚는다는 말처럼, 떨어져 있던 가족들이 반가워서 와락 껴안아주지는 못할망정 짜증만 부렸다. 투덜대는 잔소리 때문에 아들과 남편은 시간에 맞춰 집을 떠났고, 난 대충 화장을 지우고 침대로 기어 들어갔다. 하지만 아무리 잠을 이루려고 해도 잠이 오지 않았다.

맨해튼의 달콤하고 설레던 몇 시간이 자꾸 떠올랐다. 좋으면서도 죄책감이 드는 기억. 떨쳐버리기에는 너무 아까운 기억……

벌떡 일어나 집안을 치우기 시작했다. 공중에 붕 뜬 나 자신을 현실로 끌어내릴 필요가 있었다.

변기통을 락스로 닦고 바닥을 기면서 방을 닦았다. 여행 가방을 다 풀고 더러운 옷과 머릿속의 기억까지 함께 세탁기에 넣어 빨았다. 이게 현실이었다.

세탁기가 기분 좋게 윙윙거리며 돌아갔다. 바짝 말라 있던 화분에 물을 주자 잎들이 다시 생기를 되찾았다. 창문을 활짝 열자 시원한 바람이 집안까지 불었고 지저분한 현실은 다시 반짝반짝 윤이 나기 시작했다.

second

모마에서 만난 남자는 거의 잊었다. 잊은 듯했다. 물론 가끔은 『메디슨 카운티의 다리』처럼 로맨틱한 일이 나한테도 일어나지 않을까 그런 설렘도 있었지만 거기까지였다.

난 나의 현실을 챙기기에도 벅찼다. 눈을 뜨면 더러워진 집안을 치우고, 아들을 깨우고, 아침 차리고, 유치원에 보내고, 막히는 도로에서 차를 몰면서 신호등에 걸릴 때마다 화장하고……. 회사에서도 분기 말이라 숫자 맞추느라 정신이 없었다. 매 분기 말만 되면 숨 쉬기도 힘들 만큼 바빠졌다. 모든 것이 엑셀에 수동으로 기입되기 때문에 오류도 많았고 영업들은 하루에도 수십 통씩 메일을 보내서 나를 닦달했다. 이상한 시스템이었다. 이건 아무리 유능한 사람이 해도 실수가 생길 수밖에 없는 그런. 어쩌면 내 인생 자체가 이상한 시스템이었는지도 모르지만……. 분기 말이 되면 거의 2주 동안 밥 먹으러 갈 시간도 없어서 팀원들이 차례로 돌아가며 사온 햄버거나 김밥으로 끼니를 때우며 일했고, 새벽 2~3시에 퇴근하곤 했다. 그래서 분기 말이 되면 집에 친정 어머니가 와서 나 대신 살림을 혼자 맡아서 하곤 했다.

그날은 드디어 분기가 마감되고 너무 지쳐서 혼자 쉬려고 하루 휴가를 냈다. 그러지 않으면 머리가 터져 죽을 것 같았다. 아침부터 노천카페에 앉아 인터넷도 보고 커피도 한 잔 마시며 넉넉한 시간을 보내다가 서울 시립 미술관으로 발걸음을 옮겼다. 마침 그곳에서 내가 좋아하는 샤갈전을 하고 있었다. 꿈꾸는 듯 파스텔 톤의 그림들을 보면서 행복한 기분이 들었다. 그러다 갑자기 모마에서 봤던 그 남자가 생각났다. 왜 그 사람 생각이 났는지 모르겠다. 아마도 그 사람을 처음 만난 곳도 미술관이라서 그랬던가 보다. 난 뒤늦게 한국대학에서 심리학과 대학원에 다니고 있는 초등학교 동창에게 전화를 걸었다. 친구는 아주 반갑게 전화를 받았다. 그러면서 지금 학교에서 도서 반값 세일을 한다며 시간 되면 놀러 오라고 했다. 난 얼른 가겠다고 했다. 같이 점심 먹자고 하면서…….

한국대학은 생각보다 크고 넓었다. 담쟁이덩굴이 벽을 파랗게 덮고 있는 건물이 많았고, 햇살이 따뜻하게 비치는 캠퍼스 벤치에 앉아 친구와 오랜만에 이야기를 나누었다. 친구는 최근에 자신이 상담을 받고 있는데 너무 깊은 곳까지 파헤치니까 압박감이 들어 참기 힘들고, 상담 심리학을 시작한 걸 후회할 지경까지 이르렀다고 한숨을 쉬었다. 그러면서도 하고 싶은 일을 하는 보람이 있다고 자신 있게 이야기하는 친구를 보니 부러웠다. 경제적 여유가 있어서 늦게라도 공부를 시작할 수 있는 것도 부러웠다.

그런데 그때 모마에서 본 남자가 맞은편 건물에서 나오는 것이 보였다. 순간 그 남자가 너무 반가웠다. 나는 친구한테 잠깐만 기다리라고 하고 그 남자에게 얼른 뛰어가 아는 척을 했다. 남자는 놀란 듯한 표정이었지만 그도, 나를 만난 것이 무척 반가운 것 같았다. 난 혹시나 싶어서 왔는데 이렇게 그 사람을 만날 수 있어서 기분이 좋았다. 그는 자신의 방을 가르쳐 주면서 친구랑 헤어지면 차라도 마시고 가라고 했다. 오후에 강의가 없다는 말과 함께……. 2시간 후 친구는 수업이 있다고 들어갔고 난 그 남자의 방으로 갔다. 문패에 새겨진 이름을 보면서 뉴욕에서 혹시라도 연쇄살인범이 거짓말을 하는 건 아닐까 불안해했던 기억이 떠올라 웃었다.

그 사람의 방에는 커다란 그림이 걸려 있었다. 검정색 고리가 끊임없이 연결되어 있고 드문드문 노란색과 빨강색으로 하이라이트를 입힌 추상화였다.

남자는 본인이 직접 그린 그림인데 세상만사가 다 복잡하게 얽혀있는 모습을 나타낸 거라고 했다. 그림 외에 방 안에 있는 물건들은 편했다. 안정감을 주는 검정색 소파, 여기저기 쌓아둔 책들. 그리고 넓은 책상에 놓인 맥에어. 모두 그 사람다웠다. 귀찮은 것이 싫어서 커피는 사다 마신다며 내게 음료수를 권했다. 나는 탄산수를 골라 자리에 앉았다. 학교 다닐 때 함부로 들어오지 못하던 교수실에 들어와서 앉아 있는 것이 신기했다. 우리는 그동안 어떻게 보냈는지 이야기를 하면서 조용한 시간을 보냈다. 중간에 그 사람은 나에게 미술 책을 꺼내주고 자기 일을 하기도 했다. 내게 준 책은 여러 미술가들의 그림과 이야기가 담긴 책이었다.

피부병이 있어서 목욕을 즐기던 아내를 그린 피에르 보나르의 그림과, 모딜리아니의 이야기. 특히 여자들과 자주 바람을 피우던 모딜리아니에게 애인 잔느가 잔소리를 하자 그는 잔느를 2층 창문으로 집어 던졌다. 창문이 깨지면서 길 아래로 떨어진 잔느는 심한 부상을 당했지만 모딜리아니 곁을 떠나지 못했다. 있지도 않은 그의 사랑을 갈구하며 계속 그림자처럼 붙어살던 잔느는 모딜리아니가 죽자 임신한 상태로 자살해 버렸다. 사랑에 눈이 멀면 이렇게까지 비참해질 수 있는 것 같아서 끔찍했다.

*

사람들은 보통 남의 불행이 자기 것이 될 거라고 상상하지 못하기 때문에 그 당시 난 내가 잔느 같은 사람이 될 거라곤 꿈에도 생각하지 못했다.

*

해가 산등성이로 넘어가자 창밖에 어둠이 깔리기 시작했다. 학교에서 제일 뒤쪽에 자리 잡은 그 건물에는 이미 정적이 감돌았다. 근처에 화덕에서 갓 구워 낸 마가리타 피자가 맛있는 집이 있다고 해서 같이 먹으러 갔다. 난 뉴욕에서 차를 태워준 그 사람의 호의에 감사하는 의미로 저녁 식사비를 냈다. 그 사람은 카페에서 조그만 스케치북과 연필을 꺼내 날 그리기 시작했다. 최근에 누가 그렇게 날 자세히 쳐다본 적이 없어서 얼굴이 붉어졌지만 나는 그 사람의 시선이 싫지 않았다. 그 사람이 지긋이 날 쳐다보면, 작은 새 한 마리가 날아와 파르르 날갯짓을 하는 것처럼 심장이 두근거렸다. 나는 완성된 그림을 휴대폰으로 찍어서 바탕 화면에 저장했다. 내 첫 번째 초상화는 그렇게 만들어졌다.

그 사람이 주차장에서 문을 열어주면서 내 등에 손을 잠시 댔는데 난 아찔해서 거의 그 자리에 주저앉을 뻔했다. 다리가 떨려서 잘 걸을 수 없었다. 내 몸은 이미 그 남자에게 반응하고 있었다. 자동차에 타자 그 사람은 나를 쳐다보더니 손을 내밀어 내 얼굴을 만졌다. 난 거부하지 않았다. 그 남자를 두 번밖에 만나지 않았지만 난 이미 그가 쳐놓은 그물에 걸린 상태였다. 그때 휴대폰이 울렸다. 남편한테 오는 전화였다. 난 깜짝 놀라 몸을 추슬렀다. 우리는 아무 말 없이 집으로 갔다.

third

첫 번째, 두 번째가 우연이었다면 세 번째 만남은 계획된 것이었다. 그 남자가 내가 퇴근할 무렵 회사 앞에 왔다. 우리는 연인처럼 영화를 보러 갔다. 그 영화는 불치병을 앓고 있는 아들을 치료약이 나올 때까지 냉동 상태로 두고 부모들은 그 아들을 대체할 용도로 감정을 가진 로봇을 만들어 입양해서 예뻐하는 내용이었다. 그러다가 진짜 아들이 돌아오자 예뻐하던 로봇을 버리는 슬픈 이야기였다.

그 남자는 영화를 보고 나서 나에게 그 영화에 대해 그림을 그려보자고 했다. 우리는 카페에 앉아 스케치북을 한 장씩 가지고 숨겨 가면서 그림을 그린 후 서로에게 보여 줬다. 난 처음 해보는 일이라서 내가 그린 그림에 자신 없고 쑥스러웠지만 그 남자는 의외라는 듯이 내 그림을 찬찬히 훑었다. 그리고 칭찬도 했다. 인간은 모두 조금씩 예술적인 면을 지니고 있다는 어느 미술가의 말이 맞는다는 생각이 든다며……. 그 사람은 서점에서 아트 관련 책을 몇 권 사주겠다고 했다.

fourth

네 번째 만남이 있기 전에 꿈을 꿨다.

그 남자와 나는 어느 바닷가에 솟아난 평평한 바위 위에 있었다. 성난 파도가 바위를 삼킬 듯이 달려들더니 하얀 물보라를 일으키며 부서졌다. 그 남자와 나는 실오라기도 걸치지 않고 발가벗은 채 서로 껴안고 있었다. 멀리 수평선에는 번개가 내리쳐서 하늘이 번쩍이며 갈라지고 있었지만 우리는 정신을 차리지 못했다. 갑자기 들이닥친 집채만한 파도에 우리 두 사람이 휩쓸려 내려갈 때 어떻게 했는지 그 남자가 내 몸 안으로 들어왔다. 난 쾌감과 두려움을 함께 느끼며 소리를 지르고 잠에서 깼다.

마치 가느다란 담쟁이가 뿌리를 내린 후 쑥쑥 자라나 누구도 넘을 수 없다고 생각하는 높은 벽을 타고 올라가듯, 내 마음에 뿌려진 감정의 씨앗도 매일 무서운 속도로 자라났다.

세 번째 만남이 있은 후, 한 달 정도 지나서 그 사람이 휴대폰으로 연락을 해왔다. 난 사실 연락이 오지 않았으면 했다. 자의적으로 내가 그를 거부할 수 없다는 걸 잘 알기 때문에 그의 연락이 무서웠다. 전화로 그는 같이 근교에 놀러 가자고 했다. 난 맘이 콩닥콩닥 뛰었다. 누구한테도 말할 수 없는 비밀을 가지는 건 묘한 기분이었다.

남편이 이렇게 좋고 가슴이 뛴다고 말하면 다들 부러운 눈으로 쳐다볼 텐데……. 내가 어디라도 여행을 가자고 하면 좋아서 따라 나설 남편인데…….

남편하고는 그러고 싶은 생각이 전혀 안 들었다. 우리는 그러니까, 남편이 아닌 맨해튼에서 만난 그 남자와 나는 헤이리마을에 가서 전시회를 보고 차도 마시며 책도 같이 보았다. 그 남자와 있으면 아는 것이 많아서 백과사전과 걸어 다니는 느낌이 들었다. 너무 똑똑해서 존경심이 들 정도였다. 그리고 이따금 내가 어떤 방면으로 특별한 전문성이 없다는 사실에 주눅이 들기도 했다. 그래도 그때까지는 똑똑한 여자 친구와 수다 떨고 노는 것과, 이 남자와의 데이트가 특별하게 다를 것은 없었다. 굳이 다른 점을 찾으라면 그건 내가 여기 온 것을 아무에게도 말하지 않았다는 것과, 왠지 모르게 맘이 설레고 다리가 후들거린다는 것.

커피를 마시고 난 후 우리는 차를 타고 달렸다. 점점 인가가 드문드문 보였다. 그는 넓은 논이 내려다보이는 한적한 곳에 차를 세웠다. 주변에 아무도 없었다. 저 멀리 산 아래에 농부 한 명이 논을 매고 있었고 지나가는 차도 별로 없었다. 그때 그가 나를 끌어당겨서 목부터 키스하기 시작했다. 난 숨을 삼키며 그 사람이 하는 대로 나를 내버려 두고 있었다. 햇빛이 쨍한 대낮이라는 사실도 무시한 채, 농부 아저씨가 다가와서 '이 년놈들이 뭐하노?'라고 물어본다고 해도 나한테 이미 그런 것쯤은 상관없을 것처럼 남자의 손길을 즐기고 있었다. 난 아무 것도 볼수 없었고 나를 만지는 그의 손길만이 느껴졌다. 온몸이 녹아 내렸다.

무뎌진 죄책감

처음에는 죄책감에 시달렸다. 이 세상에서 가장 못된 일을 하는 것처럼 느껴졌다. 누가 볼까 두렵고, 알아챌까 두렵고, 무엇보다 남편한테 미안했다. 순하고 착한 남편은 내가 집에 들어가면 혼자서 게임하고 놀다가 반갑게 나를 맞이해 주었다. 남편은 뭔가 만드는 걸 좋아했다. 만화도 그리고 뚝딱뚝딱 뭔가를 만들어내기도 하고, 건담로봇과 무전기로 움직이는 정교한 라디오카도 만들었다. 모두 돈이 많이 드는 비싼 취미였지만 남편한테는 게임과 함께 살아가는 낙이었다. 아들은 남편 방에서 노는 걸 좋아했다. 왜냐면 맘대로 가위로 오리고 찢고 놀다가 그냥 버려두면 되는 '자유의 땅'이었기 때문이었다. 가끔 남편은 아들하고 같이 앉아서 열심히 뭘 자르고 물감으로 색칠하고 심지어는 라디오카로 둘이서 시합을 하기도 했다. 통통한 두 부자가 쿵쾅거리고 돌아다니면 아래층에서 인터폰이 오는 날도 있었다.

　난 그것이 창피해서 소리 지르고 조용히 하라고 했었다.

　지금 생각하면 그건 가장 행복한 일상이었는데……. 난 나에게 가장 소중한 걸 잃고 난 후 비로소 뭐가 소중했는지 알게 된 어리석은 여자였다.

　자주 그 남자를 만났다. 직장 다니는 엄마를 둬서 가뜩이나 같이 있을 시간이 없는 아들에게 정말 미안했지만, 난 그 남자를 만나기 위해 아들을 친정 엄마에게, 동생에게, 사촌에게, 이웃 아줌마에게 맡겨 두었다. 다행히 남편은 출장을 안 가면 아들과 함께 있으려고 일찍 오는 편이라 그런 날은 맘 놓고 더 늦게 들어갔다. 그 남자를 만나고 돌아 올 때는 후회가 되어서 혼자서 차 안에 앉아 종종 울고, 다시는 만나지 않겠다고 맘먹었지만 난 그 남자를 떠날 수가 없었다. 떠나기는 고사하고 점점 더 강렬하게 그 사람을 원했다.

　난 거짓말을 밥 먹듯이 하게 되었다. 남편에게 항상 바쁘고 일이 많은 여자가 되었다. 바빠서 휴가를 받을 수 없는 여자가 되었다. 그리고 몰래 휴가를 받아 하루 종일 그 남자와 같이 보내는, 그런 여자가 되었다. 휴대폰에 비밀번호를 걸었다. 그리고 항상 집에 올 때 휴대폰 통화 목록과 메시지를 삭제하는 것이 버릇이 되었다.

　세상에서 가장 쉬운 일은 남편을 속이는 거였다. 남편은 원래 남의 말을 그대로 믿는 성격에다가 일 자체도 출장이 많아서 날 전혀 의심하지 않았다. 일 년에 출장 간 날짜를 다 헤아리면 평균 6개월 정도는 외국에 나가 있었기 때문에 난 아무런 문제없이 자유롭게 그 남자를 만날 수 있었다. 남편이 걸어주는 전화만 받으면 만사가 순조로웠다. 매일 저녁 남편은 일말의 의심도 없이 웃는 얼굴로 나를 맞이했고, 난 죄책감에 얼굴을 찌푸리며 피곤하다고 말했다.

지금까지 추구한 모든 것을 나 스스로 무너뜨렸다. 그 남자와 함께하기 위해. 그게 이유였다.

정직하고 올바르게 살려고 노력했던 나의 도덕관을 무너뜨리고 내가 지켜온 양심의 성이 야금야금 거짓말에 무너졌다. 전에는 전혀 이해가 되지 않던 불륜 드라마가 남의 이야기 같지 않게 재미있었다. 바람피우는 남편을 받아주는 아내가 밉고, 유부남을 사랑하는 어리석은 여자가 꼭 나 같아서 불쌍했다.

그때는 너무 이기적이고 새로 나타난 내 사랑이 너무 소중해서 내 남편이, 내 아들이 얼마나 상처 받을지는 별로 생각하지 않았다. 사람들한테 아들을 맡기지 않기 위해 서둘러 입주 아줌마를 구했고, 아들은 나 때문에 연변 말씨를 배우고 국적 없는 음식을 먹으며 자랐다. 그런 아들을 볼 때마다 미안해서 눈물이 났지만, 내 몸 구석구석의 작은 세포 하나하나까지도 그 사람을 간절하게 원했다.

그 남자는 부유한 가정에서 자라서 돈에 대한 관념이 전혀 없었다.

그 동안 나는 아파트 사고 대출 이자 갚느라고 맘대로 사고 싶은 것 한 번 못 갖고 살았는데 그는 완전히 다르게 살았다. 나를 아주 비싼 레스토랑에 데려가서 한 번도 못 먹어본 음식을 먹게 해 줄 때도 있었고, 어떤 때는 아주 허름한 맛집에 데려가기도 했다. 한 병에 50만원이 넘는 와인도 자신이 마시고 싶으면 아무 망설임 없이 사 마셨고 교수실 책장에는 무똥 로쉴드가 연도별로 세워져 있었다. 남편과 나는 중고 아반떼도 겨우 타고 다녔지만 그 사람은 선루프가 있는 벤츠를 타고 다녔다. 나한테도 비싼 옷과 비싼 가방을 사줬다. 난 몇백만 원짜리 선물을 덜컥 받은 후 남편한테 무슨 거짓말을 할지 한참 고민했다. 그리고 진짜 같은 교묘한 짝퉁을 이태원에 가서 샀다고 거짓말했다. 어느 순간부터 남편에게 난 짝퉁을 좋아하는 여자가 되었고 옷장에는 그런 짝퉁들이 하나둘씩 쌓여 갔다.

술과 장미의 나날

그 남자와 함께하는 시간은 달콤하고 격정적이었다. 그 남자는 겉으로는 아주 점잖아 보이지만 나와 둘만 있을 때는 거칠고 대담했다. 그리고 정말 나와 있는 순간을 아무 생각 없이 즐겼다. 때로는 길을 걷다가도 갑자기 내 손을 잡고 어두운 빌딩 계단으로 가서 키스를 하고 으스러지듯 껴안기도 했다. 며칠 동안 먹는 것도 자는 것도 소용없고 오로지 나만 안고 싶어서 죽는 줄 알았다면서 내 몸을 탐닉하듯 키스하는 그 남자의 입술, 내 깊은 곳까지 더듬는 집요한 손길은 그 다음 날 사무실에 앉아서 일할 때도 느껴져 속옷이 다 젖을 때가 많았다.

남편과는 정말 많이 달랐다. 남편은 이런 쪽으로 별 관심이 없었지만 몇 번 자지도 않았는데 아기가 생겼다. 그리고 입덧을 심하게 하고 임신 때문에 몸이 망가진 이후부터 남편하고 거의 같이 자지 않았다.

'배우자하고 자면 안 되는 거야. 배우자는 가족이잖아. 같이 자면 근친상간이야. 끔찍해!'라는 농담을 하면서 웃곤 했는데, 그 농담이 씁쓸했다. 난 정말 남편이 좋은 사촌 오빠로만 느껴졌다.

아무리 구박하고 욕을 해도 묵묵히 그 자리에 있어주는 사촌 오빠. 방은 치우지 않지만 아침부터 일어나 헝클어진 머리로 커피를 내려서 건네주는 사촌 오빠. 같이 영화 보러 가면 옆에서 조는 사촌 오빠. 남편은 전혀 남자로 느껴지지 않았다.

이 남자는 달랐다. 이 사람은 나한테 처음으로 남자와 자는 것이 어떤 것인지, 그리고 절정에 이른다는 것이 어떤 건지 가르쳐 주었다. 전에 사람들이 아무리 때리고 나쁜 짓을 하는 남자라도 속궁합이 좋으면 못 헤어진다는 말이 동물 같아서 싫었는데 이 남자를 만나고는 그 말이 무엇인지 알 수 있었다.

그렇다고 이 남자와 육체적으로만 좋았던 건 아니었다. 이 남자는 내가 보지 못한 새로운 세계로 나를 데려가 줬다. 세상에는 내가 모르는 것이 너무나 많았다. 난 일주일 휴가를 내고(물론 집에서는 일주일 출장 가는 걸로 거짓말 했다.) 발리로 가서 풀 빌라에서 그 남자와 보냈다. 지상의 낙원이 바로 그런 것 같았다. 먹고 싶은 것 맘대로 먹고,

자고 싶을 때 자고, 하루에 2번씩 마사지 받고. 해안가를 거닐며 산책도 하고. 사람들은 친절했고, 우리를 이상한 눈으로 쳐다보는 사람들도 없고. 한국에서는 못 하던 손잡고 걷기, 큰소리로 이름 부르기, 사람들 다 보는 곳에서 사랑한다고 말하기……. 서울에서 사람들 눈치를 보느라 못 하던 걸 맘껏 하니, 굳지 않은 아스팔트 위를 걷는 것처럼 찐득찐득 내 몸에 달라붙던 굴욕감과 떳떳하지 못한 근심이 처음으로 없어졌다. 그 남자도 나의 이런 자유로운 모습이 좋은지 같이 웃으며 즐거워했다.

또 한번은 그 사람이 뉴욕 세미나가 있을 때 나도 보스턴에 출장을 가게 되어서 끝나고 만나서 같이 브로드웨이에서 뮤지컬도 보고 미술 경매장에 구경 가기도 했다. 다음 날은 우리가 만났던 모마 미술관에서 천천히 손잡고 구경하고 저녁에는 엠파이어 스테이트 빌딩에서 핑크돔 페리뇽을 마시며 뉴욕의 야경을 한참이나 바라보기도 했다. 아무 말 없이 손잡고 앉아 있을 때 난 이 순간이 끝나지 않길 바랐다.

그 사람은 여행 가서 메뉴 주문하려고 이탈리아어, 불어, 일본어를 조금씩 배웠다고 했는데, 내가 평생 배운 영어보다 훨씬 더 잘했다. 고전 문학부터 한국 가요에 이르기까지 전문가 수준의 박식함을 자랑했다. 내가 만나 본 사람 중에 가장 똑똑한 사람이었다. 난 그 사람과 있으면 왠지 한 등급 승격되는 것 같았다.

그 남자와는 호텔에서 만났다. 남편과는 큰맘 먹고 여름 패키지로 이용권을 사서 감탄을 연발하며 구경하고, 쓰던 샘플 샴푸와 비누까지 알뜰하게 챙겨왔는데, 그런 호텔에서 주로 만났다. 그 사람이 구질구질하게 모텔이나 이런 곳에 가자고 했으면 난 아마 사귀지 않았을지도 모른다. 처음에는 둘이 같이 체크인하고 들어갔지만 내가 혹시라도 아는 사람이 볼까 봐 두리번거리고 고개를 들지 못하자, 다음부터는 그 남자가 먼저 방을 정해서 들어가고 나한테 호수를 알려주면 난 뒤에 따라 들어갔다. 그리고 같이 자고는 내가 먼저 나오고 그 사람은 거기서 하룻밤을 보내거나 좀 더 있다가 집으로 갔다. 둘이 같이 들어가는 걸 누가 보면 변명의 여지가 없어지니까 이게 최선이라고 그 남자는 말했다. 나도 그게 최선인 줄 알았다.

난 그런 방면으로는 전혀 몰랐기 때문에 그 사람이 시키는 대로 했다. 그런데 어느 날 나 자신이 전화해서 부르면 달려가는 이상한 여자가 된 것 같다는 생각이 들었다. 둘이 떳떳하게 걸어가지 못하고 이렇게 만나는 것이 짜증났다. 내 존재의 가치가 땅으로 떨어지는 것 같았다. 한 번은 내가 호텔 방으로 들어갔을 때 그 사람은 혼자 욕조에 들어가 있었다.

"나 이상한 여자 같이 느껴져요. 손님이 방 예약하면 달려오는 여자. 그런데 그렇게 전화해서 부르면 오는 것 맞나? 몰라요. 기분이 그렇다는 뜻이에요."

"나도 안 해 봐서 모르겠다. 우리는 사랑해서 그러는 거니까 이야기가 다르잖아. 안 그래? 말도 안 되는 소리 그만해."

"나 이혼할래요. 자기도 이혼하면 안 돼요? 더 좋아하는 사람하고 지내고 싶어서 이혼하면 큰일 나는 건가? 우리 이혼하고 같이 살아요,

네?"

"우리 만난 지 1년밖에 안 되었어. 너무 섣불리 행동하면 나중에 후회해. 어차피 우리 둘은 너무 잘 맞아서 헤어질 수 없어. 골치 아픈 일은 천천히 하자."

말 끝나기가 무섭게 그는 내 목덜미를 입으로 더듬었다. 난 다시 그 사람 손에 녹아 내렸고 다른 어떤 것도 생각나지 않았다. 그 사람은 마치 끊을 수 없는 아편 같았다.

인물값을 하는 남자

그날도 그 남자를 만나려고 카페로 갔다. 그가 먼저 와 있었는데 같은 테이블에 다른 여자가 앉아 있다가 내가 가니까 다른 자리로 갔다.

"저 여자 누구예요?"

"모르는 여자야. 내가 앉아 있으니까 맘에 든다고 와서 전화번호 적은 쪽지 주고 가더라. 자기는 남자 친구 기다린다고 하면서."

남자는 별일 아니라는 듯 웃었다.

나는 세상에 이런 일이 발생할 줄은 꿈에도 몰랐다. 20대의 젊고 예쁜 여자가 40대 중년 남자한테 이런 식으로 접근하다니…… 미친 것이 아닌가 싶었다. 그러다가 나도 이 남자가 잘 생겨서 맨해튼에서 차를 탔던 기억이 났다. 옛날부터 어른들이 반반한 만큼 생긴 값을 한다고 하더니, 그 말이 딱 맞았다.

"잘생긴 사람을 남편이나 애인으로 두는 건 싫은 것 같아요."

"친구들하고 술집에 가거나 여자 나오는 노래방 가면 여자들이 서로 내 옆에 앉으려고 하지. 난 관심 없어. 피곤하기만 하지."

"정말 싫어! 그런 노래방에 왜 가. 이제 가지 마세요. 그리고 학교 학생들도 저런 식으로 덤비는 애들이 있어요? 다들 젊고 예쁠 텐데⋯⋯. 저런 애들 있을 것 같아. 싫어! 싫어!"

말하고 기분이 나빠져서 앉아 있으니까 그 사람이 내 뺨을 부드럽게 만졌다.

"그런 애들이 가끔 있지만 학교 학생 건드리는 교수는 정말 미친놈이야. 그건 밝혀지면 직장도 잃고 다 잃는 거야. 교수들이 얼마나 조심하는데. 그런 걱정은 붙잡아 두시지. 난 저런 어린 애들한테는 관심 없어. 난 너 빼고는 여자로 보이지 않아. 걱정하지 마. 나한테는 너밖에 없어."

부드러운 말씨에 맘이 조금 풀렸다. 그리고 전화번호를 주고 간 그 여자를 뚫어져라 쳐다봤다. 잠시후 젊은 남자 친구가 오자 같이 나갔고 난 그 여자가 준 전화번호가 어디 있냐고 따지듯 물었다. 그 사람은 내가 발끈하는 걸 재미있어 하면서 전화번호가 적힌 쪽지를 줬다. 난 갈기갈기 찢어서 재떨이에 버린 후 물을 부어 짓이겼다.

나에게는 물리쳐야 할 적이 너무 많았다. 그 남자 아내, 길거리 여자들, 대학교 직장 동료들, 여자 학생들⋯⋯. 난 갑자기 그 남자를 가질 수 없을까 봐 안달이 났다. 그 남자가 다른 여자한테 갈까 봐 두려웠다. 그 남자가 아내와 계속 같이 살까 봐 무서웠다.

동정심

그 남자에 대한 나의 집착은 날로 커졌다. 난 세상 사람들과 다른 곳에서 사는 것 같았다. 우리 둘만의 세계에 갇혀서 지냈다. 나머지 세계는 우리 둘이 만날 시간을 내기 위해 존재하는 것 같았다. 내가 그 사람과 만나는 시간은 어느 누구도 모르는 이상한 시간들이었다. 만약 우리 둘이 같이 있다가 교통사고라도 나서 죽었다면 사람들은 내가 이 남자 차에 왜 타고 있나 한참 생각해야 할지도 모를 일이었다. 또 둘이서 섹스를 하다가 이 남자가 뇌출혈이 와서 내 몸에 엎어지면 난 과연 이 사람을 병원에 데려갈까? 난 옷부터 먼저 주워 입고 그 남자한테 옷을 입힌 후 119를 부를까? 아님 119를 부른 후 난 들키지 않게 몰래 도망가 버릴까? 내가 유방암에 걸려서 한쪽 가슴을 잘라내면 그 남자는 나를 다시 안을까? 별 생각이 다 났다. 내가 이런 말을 하면 그 남자는 나의 상상력이 지나쳐서 피곤하다고 했다.

어느 날 내가 그 남자한테 아기를 가지고 싶다고 이야기하니까 나를 조심스럽게 밀어내더니 자기는 아기를 원하지 않는다고 이야기했다. 그 남자한테는 아들이 한 명 있고 교통사고로 죽었다고 했다.

*

그날 아내는 밤에 강의가 있어 늦게 오고 아들과 둘이서 스파게티라도 끓여 먹으려고 하는데 소스가 없어서 아들한테 집 앞 가게에서 사오

그래도 돈 주는 놈이 낫다

라고 심부름을 보냈다. 하지만 아들은 면을 다 삶고 야채까지 다 볶아도 오지 않았다. 갑자기 이상한 기분이 들어 나가 보려는데 누가 벨을 눌렀다. 경찰이 집 앞에 서 있었다. 나가보니 동네 사람들이 웅성웅성 모여 있고 아들은 이미 구급차에 실려 병원으로 보내진 후였다.

아내에게 전화했지만 강의 중이라서 전화기가 꺼져 있었다.

혼자 병원으로 갔다. 서류에 서명을 한 후 수술이 시작되었고 입술이 바짝바짝 타고 피가 마르는 몇 시간이 흘러갔다. 11시가 되어 아내가 도착했다. 완전히 겁에 질려 있는 아내가 불쌍해서 몇 년 만에 처음으로 안아줬다. 아들이 태어난 후 한 번도 잡지 않은 아내의 손을 꼭 잡고 수술이 끝나길 기다렸는데, 새벽 1시에 수술실이 열리더니 의사가 나왔다. 수술 도중에 아들이 사망했다고 전했다.

*

나와 남편 같으면 울고불고 기절하고 난리를 쳤을 텐데 이 두 사람은 소리 없이 울면서 장례를 치르고 얼마 지나지 않아 둘 다 학교로 복귀했다고 했다. 슬픔을 잊기에는 일하는 것이 제일 좋았다고 하면서……. 이후 이 남자는 자기가 심부름만 시키지 않았다면 이런 일이 발생하지 않았을 거라고 스스로 자책하며 죄책감에 시달리며 살아 왔다고 말했다. 주변에서 아무리 그 일은 그 사람의 책임이 아니라고 말해도 본인이 느끼는 것을 어떻게 바꿀 수가 없었다고 했다. 그래서 아무리 아내가 싫어도 쉽게 버릴 수가 없다고 했다. 그 전에는 물론 서로 맞지 않아

이혼할까 싶은 생각도 들었지만 아들이 죽고 난 후에는 더 이상 싸우지 않는다고 했다. 자식 잃은 여자가 무슨 사는 낙이 있겠나 싶어서 아내가 하고 싶은 대로 내버려 둔다고 했다. 미국에 교환 교수로 갈 때도 아내는 같이 가고 싶지 않다고 해서 혼자 간 거였고, 아내가 12시에 들어와도, 새벽 3시에 들어와도, 밥을 해 주지 않아도, 그냥 살고 싶은 대로 살게 내버려둔다고 했다.

자기 잘못으로 아들이 죽었는데 또 남편 없는 여자로 만들면 너무 가혹하지 않냐면서 몇 년이 지나길 기다린다고 나에게 기다려 달라고 했다. 이제 그 남자는 내가 없이는 살 수 없다고 말했다. 자기는 나를 만나서 사람 사는 냄새를 느낀다고 했다. 자신은 희망도 욕망도 없이 좀비처럼 살아왔는데 나를 만나면서 고목나무에 생기가 돌듯이 희미한 삶의 기쁨을 느낀다고 했다. 난 그 사람을 사랑으로 치유하고 싶었다. 그런 힘든 상황을 견디는 그가 너무 애처롭고 불쌍했다. 어릴 때부터 맘이 여려서 길에서 떠도는 불쌍한 동물을 보면 백 원짜리 소시지를 사서 먹이곤 했던 난, 그 불행한 남자를 내 사랑으로 구원하겠다는 말도 안 되는 결심을 했다.

탐닉

난 정말 그 남자를 아침에 눈 뜨자마자 생각하고 꿈에서도 생각했다. 그 사람과 날마다 같이 있고 싶고, 날마다 같이 자고 싶었다. 내 몸은 그 남자를 위해 만들어진 것 같았고, 그 사람이 날 만지면 환희와 쾌락으로 온몸이 차올랐다. 난 그 남자를 너무 사랑해서 날 구속하는 남편이 싫었고 그 사람의 아내가 미웠다. 난 몇 번이나 막장 드라마 속 여자처럼 그 사람의 아내를 만나 내가 그 남자를 사랑하니 이제 비켜나라고 말하고 싶었다. 정말 체면이고 양심이고 다 던져 버리고 사정하고 고개 숙여서 애걸을 해서라도 그 사람을 나한테 달라고 하고 싶었다. 서로 별로 필요하지 않아서 둘이 남남처럼 사는데 그냥 나한테 달라고, 내가 행복하게 해 주겠다고 소리 지르고 싶었다. 하지만 그 남자의 죄책감을 이해하기 때문에, 그리고 혹시라도 내가 그러면 그 남자가 나를 성질 더러운 여자라고 싫어할까 봐 그럴 수 없었다.

난 샤워를 하면서도 그 남자를 생각했다. 떨어지는 물방울, 내 몸을 감싸는 비누거품, 뜨거운 김 속에서 그 남자를 느꼈다. 커피를 마셔도 그 남자를 생각했다. 책을 읽어도 그 남자를 생각했다. 길가에 세워놓은 간판을 봐도, 바람이 불어도, 물을 마셔도 그 남자를 생각했다. 심지어는 신문이나 지하철 광고를 봐도 그 남자의 이름과 비슷하면 깜짝 놀라서 다시 보곤 했다. 난 그 남자에게 중독되어 있었다. 그리고 언제 어디서든 그 남자를 위해 몸과 맘을 열었다. 심지어는 자동차 보닛 위에서도…….

둘이서 남남처럼

　그 사람은 나에게 자신과 아내가 사는 방식을 이야기했다. 그 두 사람은 일주일에 한 번도 얼굴을 마주치지 않고 살고 있었다. 그 남자는 특별한 약속이 없으면 10시쯤에 집에 간다고 했다. 그런 후 큰방에서 옷을 갈아입고 거기 딸린 화장실에서 샤워를 하고 방에서 노래를 들으며 그림을 그리거나 컴퓨터로 작업을 한다고 했다. 그 사람 아내는 11시쯤 들어와서 현관방에 딸린 욕실에서 샤워를 하고 현관방에서 잠을 자고 아침은 당연히 먹지 않으니까 다녀온다는 말도 없이 집을 나간다고 했다. 주말은 집에서 늦게까지 잠을 자거나 낮잠을 자고 각자 알아서 햇반을 뜯어서 밑반찬 있는 걸로 대충 먹거나 피자나 중국 음식 시켜서 남겨두면 각자 먹고 싶을 때 먹는다고 했다. 모임 있는 사람은 나가고 일할 것 있으면 학교에 다시 가서 일하면서 전혀 상관하지 않는다고. 나도 결혼 생활을 하지만 도저히 이해가 가지 않는 방식으로 사는 사람들이었다. 그렇게 살면서 한집에 사는 의미가 뭘까? 이 남자는 나에게 정직하게 말을 하는 것이 맞을까? 주말에 아내를 알뜰살뜰 챙겨주면서 돌봐주는지 누가 알겠는가? 그런데 왜 난 그 남자 말을 믿을까? 때때로 그 남자가 밤늦게까지 나와 밖에 있으면 그 사람의 아내는 전화를 했다. 왜 빨리 오지 않느냐고……. 만약 아내가 이 남자보다 늦게 오는 경우는 이 반대겠지?

　"도대체 왜 그렇게 둘이 챙겨요? 얼굴도 안 본다면서 왜 그렇게 집에 오는지는 챙겨요?"

"식구 중 한 명이 사고로 안 돌아오는 기분이 어떤 건지 넌 몰라. 한 집에 사는데 죽었는지 살았는지는 챙겨야 할 것 아니야."

그 남자는 자기가 교통사고를 당하면 자기 아내한테 먼저 연락할거라고 말했다. 왜냐면 같이 살기 때문에. 난 곧 이혼할 거라고 주장하는 사람이 이렇게 행동하는 걸 이해할 수 없었다. 이혼하려면 나처럼 남편이 밉고 차라리 죽는 것이 낫게 여겨져야 할 텐데……. 서로 남남으로 살아야 하는데…….

"넌 정말 날 이해하지 못하는구나. 난 이혼하고도 우리 아들 기일되면 그 여자와 같이 납골당 가서 손 붙잡고 울 거야. 우리는 떨어질래야 떨어질 수 없는 공동체야. 너도 마찬가지잖아. 아들한테 무슨 일 생기면 남편이랑 의논해야 되잖아. 솔직히 난 그 아이의 아빠가 될 자신도 없어. 나처럼 자식을 못 돌봐서 사고 당한 사람이 당신 아이의 아빠가 될 수 있을까 싶다. 자신 없어."

난 그 사람의 아픈 상처를 건드린 것 같아서 미안했다. 그리고 내 아들은 이미 좋은 아빠가 있으니 새아빠 노릇하지 않아도 된다고 위로 했다.

이혼

난 그 남자와 자주 같이 있고 싶었는데 제약이 너무 많았다. 내가 뭐라고 불평할 때마다 남자는 단 한 번 만족스러운 대답을 해주는 법이 없었다.

"그런 불편은 감수해야지. 넌 유부녀잖아. 나도 그렇고."

뜨거운 여름날 목이 말라서 물을 맘껏 마시고 싶은데 콜라만 마시면 더 물이 마시고 싶은 것처럼 그 남자에 대한 갈증이 점점 커져 갔다. 그리고 난 남편과 주변 사람을 계속 속이는 데에 신물이 나기 시작했다. 그리고 드디어 사랑을 위해 가족을 버리기로 결심했다. 내가 이런 결단을 내리면 그 남자도 결심을 하고 나올 거라고 믿었다. 나라도 자유로우면 좀 더 자주 만나서 이 갈증을 해소할 수 있을 것 같았다. 난 빨리 모든 걸 정리하고 이 남자와 같이 살고 싶었다. 이 남자 주변에 얼씬거리는 모든 여자들한테 '이 남자는 내 꺼야.'라고 말하고 싶었다. 내가 이혼한다고 했을 때 그 남자는 그렇게 하라고 말했다. 자기도 곧 할 거라고. 몇 개월만 더 기다리면 모든 것을 다 버리고 나한테 오겠다고 했다. 난 그의 말을 믿고 실천에 옮겼다. 난 점차 성격이 변하고 있다는 것을 느꼈다. 이전에는 온순하고 벌레도 한 마리 못 죽일 착한 성격이었는데 그 무렵 난 거칠어질 대로 거칠어져 있었다. 이대로 계속하다가는 어떤 일이 벌어질지 몰랐다.

이혼하는 것은 말처럼 쉬운 일이 아니었다. 남들이 이혼할 때는 며칠 의논하고 쉽게 포기하고 같이 법원 가서 도장 찍으면 되는 일인 줄 알았는데, 그게 아니었다. 남편이 착하고 순해서 더 힘들었다. 내가 이혼하고 싶다고 하니까 남편은 더 잘할 거니까 참으라고 애원했다. 난 남편한테 상처주기 싫어서 남자가 생겼다는 말은 하지 않으려고 했는데,

그래도 돈 주는 놈이 낫다

어쩔 수 없다 싶어서 사랑하는 남자가 생겼으니 제발 날 자유롭게 놓아 달라고 했다. 돈도 필요 없고 아이도 못 데려가니 그냥 나를 놓아 달라고 했다. 남편은 이런 식으로 헤어지는 건 말이 안 된다고, 이런 사랑은 위험하고 조금만 지나면 다 식을 거라고 오히려 나를 훈계했다. 그때 나는 눈이 뒤집어져서 그 말이 귀에 들어오지 않았다. 남자가 생겼다고 이혼하자고 하는데 자기가 참고 기다리겠다고 말하는 남편이 바보 머저리같아 보였다. 오히려 남편이 미친 것처럼 보였다. 내가 바람을 피웠다고 하면 손찌검을 하면서 때리고 쫓아낼 거라고 생각했는데 조용히 앉아서 아들을 생각해서 참으라고 말하는 멍청이가 세상에 어디 있을까? 난 남편의 그림자도 싫어졌다. 발뒤꿈치도 보기 싫었다. 그 사람이 밥 먹는 소리도 싫고 후줄근한 옷을 입고 불쌍하게 다니는 모습도 싫었다. 내 몸에 손가락 하나도 못 대게 하면서 각방을 썼다. 남편은 치우지 않아 벌레가 기어 다닐 것 같은 자기 방의 한 구석에 침낭을 깔고 잤다.

난 1년 동안 침낭을 한 번도 빨아주지 않았고 남편은 워낙 그런 부분에 관심이 없어서 냄새가 나든 안 나든 상관없이 1년 동안 그런 침낭에서 자고 회사로 갔다. 어떤 사람이 아침 안 차려줬더니 남편이 이혼 소송했다는 말을 듣고 아침, 저녁 모두 차려 주지 않았다. 입주 아줌마도 나의 눈치를 보면서 살았고 남편은 점점 집에서 소외되었다.

우리 둘은 아주 자주 싸웠다. 처음에는 일방적으로 내 말을 듣고만 있던 남편이 드디어 소리 지르기 시작했다. 난 그렇게 내가 맘에 안 들면 이혼하면 되지 왜 구속하냐고 소리 질렀다. 남편이 화가 나서 크리넥스 통을 바닥에 집어 던지자, 난 장바구니에서 옥수수 캔을 꺼내 던졌다. 캔이 아슬아슬하게 남편 팔에 스쳐 살이 찢어지고 피가 났다. 난 미안해서 남편의 팔을 수건으로 싸고 같이 울면서 병원에 데려 갔다. 난 어느새 가정 폭력범이 되어 있었다. 입에 담기도 부끄럽지만 난 꿈에서 남편한테 가서 목을 조르다 소스라치게 놀라서 깬 적도 있었다. 온 몸이 땀으로 젖은 채 끔찍하게 변해가는 내 모습이 싫어서 울곤 했다.

친정과 시댁도 다 벌컥 뒤집어졌다. 친정어머니가 올라와서 울면서 나를 때리고 정신 차리라고 했지만 더 이상 버틸 수 없어서 집을 나와 버렸다. 그리고 법정에 가서 혼자 서류 꾸미며 남편을 만나서 이혼 도장을 받아내고 판사 앞에 가서 이혼을 했다. 난 그렇게 이혼을 했다. 그러나 그는……

*

난 이혼한 후 주말에는 아들을 집에 데려왔기 때문에 그 사람을 만나지 못했다. 이혼만 하면 편할 수 있을 것 같았지만 한 명이 법적으로 구속된 상태에서 편하게 지낼 수 없다는 걸 이혼 후에 깨달았다. 가장 편하게 누굴 만날 수 있는 시간에 난 그 남자의 아내가 집에 있을지 몰라서 전화도 하지 못했다. 토요일과 일요일 낮까지는 아들과 지내느라

그래도 돈 주는 놈이 낫다

그 남자가 별로 생각이 나지 않았지만 일요일 저녁이 되어 아들이 전남편 집으로 돌아가면 속을 바글바글 끓였다.

내 속이 아무리 썩어 문드러져도 그 남자는 주말에 문자 한 통 보내지 않았다. 가끔은 너무 속이 상해서 누가 옆에 있든 없든 몇 번씩 전화를 해도 전화기를 들지 않았다. 그리고 그 남자는 왜 전화했는지 월요일에 따져 물었다.

"나도 주말에는 좀 쉬자. 나도 누구의 간섭을 받지 않고 쉴 권리가 있는 것 아니야? 우리 모두 성인인데 왜 자꾸 이렇게 아기같이 구냐?"

"난 사랑하는 사람이 하루에 한 번 정도 전화해 주는 것이 사랑 받는 것 같고 기분 좋아요. 꼭 만나자는 것이 아니고⋯⋯. 전화도 못해줘요?"

"주중에 만나고 이야기하고 하잖아. 넌 아들하고 쉬고, 난 집에서 혼자 쉬고. 사랑하는 사람들도 자신만의 시간이 있어서 되는 거야. 왜 자꾸 너 자신을 다른 사람하고 비교하고 나까지 비교하니?"

"여기서 비교한다는 말이 왜 나와요. 아무하고도 비교 안 해요. 누구랑 비교해? 내가 더 관심 받고 사랑 받고 싶다는 것이 뭐가 잘못된 거죠? 내가 다른 여자들한테 질투 느끼는 것도 당신이 날 잘 돌봐주지 않아서 그런 거죠. 안 그래요?"

나는 소리를 질렀다.

"내 맘을 믿어봐. 사람 맘을 그렇게 못 믿어서 어떻게 평생 같이 지낼 수 있겠냐? 편안한 맘으로 나를 믿어봐라. 그럼 이런 것 때문에 화내지 않을 거야. 알았지?"

"난 자기를 위해 다 버리고 나왔는데 전화 하나 못 해줘요?"

"너의 희생으로 날 구속하지 마. 그건 속박이고 폭력이야."

그가 단호하게 말했다.

난 화가 나서 그 사람이 보는 앞에서 휴대폰을 집어던졌다. 휴대폰이 바닥에 부딪쳐서 산산조각이 났다. 자주 전화를 안 하면 지금 당장 집으로 쳐들어가서 난리를 칠 거라고 협박했다. 난 내가 그렇게까지 화가 날 수 있다는 걸 살면서 처음 알았다. 그러자 그 남자는 겁을 집어먹고 꼬박꼬박 전화를 했다. 그가 억지로 전화를 하는 걸 알았지만 그거라도 받아 내고 싶었다.

어느 날 그 사람이 전화를 하더니 정말 보고 싶다고 만나러 온다고 했다. 난 뜻밖의 제의가 반가워서 당장 그렇게 한다고 말하고 서둘러서 약속 장소에 나갔다. 그 사람이 좀 늦는 경향이 있어서 가져간 책을 읽으며 기다렸다. 약속한 시간이 30분이 지나도 오지 않았다. 난 어디냐고 메시지를 보내고 다시 책을 읽고 있었다. 다행히 책이 재미있어서 1시간까지 아무 생각 없이 기다렸다. 그런데도 오지 않아서 전화를 걸었다. 나오려고 하는데 학장이 저녁 먹고 가자고 했다고 지금 나올 거니까 조금만 기다리라고 했다. 그래서 회식하고 있는데 어떻게 빨리 빠져 나오느냐고 먼저 집에 가겠다고 말했지만 그 남자는 한사코 보고 싶다면서 지금 당장 나오겠다고 말했다. 난 맘이 약해졌다. 그 사람의 '보고 싶다'는 말에 맘이 약해져서 그를 기다리기로 했다. 지금 나온다고 기다리라고 하니 난 시간도 때울 겸 혼자 저녁을 먹으러 갔다. 사람이 북적거리는 식당에 4명이 앉는 테이블을 혼자 차지하면 눈치 보일까 봐 되도록 손님이 없는 곳으로 골라 들어갔다. 밥 한 그릇 뚝딱하고 그 옆에 있는 옷가게에 가서 구경도 하니 한 시간이 금방 흘렀다. 그런데도 그 사람은 오지 않았다.

다시 전화했다.

전화를 받지 않았다. 벌써 2시간이나 기다렸는데 오고 있는 건지 조바심과 짜증이 한꺼번에 몰려들었다. 난 다시 전화를 2번이나 더 했다. 그러자 전화를 받더니 지금 출발했다고 15분 뒤에 도착한다고 좀만 기다리라고 말했다. 난 이미 출발했다는 말을 듣고 할 수 없이 다시 카페에 들어가서 기다렸다. 30분을 다시 기다렸다. 이미 책도 한 권을 거의 다 읽어가고 있었다.

2시간 30분을 기다리면서 내가 기다린 지난 3년이 생각났다.

그 세월의 무게까지 더해져서 내 맘은 타버리기 직전의 찌개처럼 부글거렸다.

'사람을 무시해도 유분수지 지가 뭔데 나한테 이렇게 해?'

'도대체 얼마를 기다려야 저 인간이 나한테 올까?'

'진짜 오기만 해봐, 가만두지 않을 거야.'

'내가 3년을 기다렸는데 저 하나만 바라보며 3년을 기다렸는데, 도대체 이 인간의 머릿속에는 뭐가 들었을까? 약속을 하면 지켜야지.'

난 다시 전화를 했다. 약속 장소를 가르쳐주기 위해. 하지만 그는 술이 더 취한 채 전화를 받았다. 아까 떠났다는 말은 거짓말이었다. 난 전화를 끊고 집으로 갔다. 택시를 타자마자 울기 시작했다. 오지도 않을 거면서 나를 길바닥에서 3시간씩 기다리게 만드는 그 사람을 죽도록 미워했다. 그리고 내가 기다린 3년을 저주했다. 3년 동안 그 중요한 약속을 지키지 않았는데 이런 사소한 약속은 식은 죽 먹기로 지키지 않을 수 있는 사람이라는 사실을 왜 몰랐을까? 울면서 아파트 앞에 내리니 그 사람이 서 있었다. 비틀거리면서 다가와 미안하다고 사과했다. 빨리 빠져 나오려고 일부러 많이 마시고 취했는데 못 빠져 나와서 미안하다고. 시간이 이렇게 많이 지난 줄 몰랐다고, 내가 오늘은 정말 보고 싶었다고 하면서 껴안았다. 난 그 사람을 밀쳐내고 이제 다 끝이고 전화번호도 바꿔버릴 거라고 소리 질렀다. 지나가던 사람들이 우리 둘을 쳐다 봤다. 그 사람은 날 데리고 집으로 들어왔다.

"정말 미안하다. 내가 많이 기다리게 했지? 난 왜 이렇게 뿌리치고 나오지 못할까? 나도 나한테 질린다. 이런 생활이 정말 이가 갈리도록 지겹다. 내가 잘해 주고 싶은 사람한테 마음껏 잘해주지 못하고 미안 하다."

취한 상태지만 미안하다고 말하는 그 사람을 보니까 맘이 풀어졌다. 나의 문제는 정말 용서하지 않아야 하는 상황이 발생해도 이 사람 얼굴 만 보면 맘이 풀어진다는 데 있었다.

"우리 놀러 갈까? 놀러 간지도 오래 되었다. 그렇지? 온천이라도 가자."

그는 나를 달랬다. 우리는 그날 또 화해하고 며칠 뒤에 놀러 갔다. 비온 뒤에 땅이 더 굳어진다고 우리는 훨씬 가까워진 것 같이 느껴졌다.

어느 날 그 사람 맹장이 터져서 병원에 입원했다. 3일 동안 병원에 입원했다가 퇴원한 적이 있었다. 그 사람은 입원하는 당일에 아내에게 말했기 때문에 휴가를 받고 따라올 수 없게 되었고, 대신 내가 따라가서 입원 수속을 받을 때 도와줬다. 사람들은 내가 그 사람 아내인 줄 알고 이것저것 지시를 내리고 당부 사항을 말해줬다. 난 묘한 즐거움이 맘속에 차오르는 걸 느꼈다. 바쁘게 챙겨주고 수술실 밖에서 기다렸다가 방으로 데리고 갔다. 힘들어 하는 그를 보니 가슴이 아팠다. 오후가 되자 그 남자는 나더러 집에 가서 쉬라고 했다. 7시쯤 아내가 올 거니 같이 있을 수 없다고 하면서……. 난 가기 싫다고 말했다. 전화해서 오지 말라고 하고 내가 병원에서 자고 가겠다고 했다. 그 사람은 헤어진 것도 아닌데 어떻게 그렇게 하냐고 단호하게 말했다. 그리고 괜히 병원에서 소란 피우지 말고 돌아가라고 말한 뒤 돌아 누워서 나를 외면했다. 난 분노와 수치감에 떨면서 병실을 나왔다. 다시는 이 남자를 만나지 않을 거라고 결심하며 집에서 울고 있었다. 저녁 9시경에 전화가 왔다. 난 모질지 못해서 또 전화를 받았다.

그 남자가 아내는 한 시간 정도 있다가 갔다고, 이런 것도 곧 해결될 거니 좀만 참아달라고 말했다. 자기가 유책 배우자가 되면 이혼 소송도 못하고 그 여자한테 처분을 맡겨야 하니까 내게 참으라고 했다. 난 일단 그 여자를 돌려보낸 것에 맘이 놓여서 그를 다시 용서해 주고 퇴원할 때까지 알뜰살뜰 돌봤다. 아내는 두 번째 날에 오지 않아서 내가 병실을 지켰다. 몇 년 동안 그 남자를 챙기다 보니 어느새 그 사람이 내 남자고, 그 남자가 아내와 바람을 피우는 느낌까지 들었다.

정말 말도 안 되는데 그때는 나한테 그게 말이 되었다. 그래서 난 있지도 않은 내 권리를 주장하고 싶어서 서슬 퍼렇게 집착했다.

내 맘은 이미 황폐할 대로 황폐해져서 풀도 한 포기 나지 않았다. 온몸이 바짝 시들어서 바스락 소리가 나며 부서질 것 같다. 마치 도망 갈 수 없게 바위에 쇠사슬로 묶어 두고, 낮에 독수리를 보내 간을 쪼아 먹게 하여 고통을 주지만 밤이 지나면 다시 간이 생겨, 매일 독수리가 간을 쪼아 먹는 아픔을 겪는 프로메테우스처럼 난 매일 스스로에게 고통을 주며 괴로워했다. 그 사람을 향한 내 맘은 아무리 죽여도 또 생겨나고 또 생겨났다.

배신자들은 서로를 믿지 못한다

그날은 내 생일이라서 휴가를 받고 저녁 때 그 남자가 학교에서 오기만 기다렸다. 그 남자는 세미나가 늦게 끝나고 길이 막혀서 8시 30분이 넘어서 나타났다. 시간이 없어 선물을 못 샀다면서 학교 근처에서 산 꽃다발을 줬다. 분홍색 리시안셔스와 유칼립튜스가 한아름 묶인 아름다운 꽃다발을 가슴에 안고 난 행복했다. 그리고 우리는 저녁을 먹으러 갔다. 한 시간 정도 지나 식사가 끝나서 내가 와인을 마시고 싶다고 말했더니 그는 피곤해서 집에 일찍 가야겠다고 말하고 뚜벅뚜벅 걸어가서 계산을 하고 먼저 나가 버렸다. 난 집으로 가는 차 안에서, 그와 조금 더 있고 싶은 마음이 들었다.

"내 생일인데 그러지 말고 한 시간만 같이 있다가요. 집에서 편히 쉬면 되잖아요. 내가 귀찮게 안할게. 응?"

"넌 정말 이기적이다. 내가 얼마나 피곤한지는 상관없는 거지? 넌 그냥 너의 감정, 너의 행복, 이런 것만 중요하지?"

그가 흥분한 채 눈을 부릅뜨며 말했다.

"오늘 좋은 날인데 싸우고 싶지 않아요. 왜 그렇게 화를 내요? 내가 지금 밤을 같이 새우자고 하는 것도 아니고, 하루 종일 기다렸는데 한 시간만 같이 있자는 거잖아요. 친구 생일 파티나 동료 생일 파티라서 여러 명 모여도 이렇게 딸랑 한 시간만 있다가 가지는 않겠어요. 너무 하잖아요."

그 남자는 몰던 차를 세우고 내리라고 소리를 쳤다. 나도 화가 나서 꼼짝 않고 있었다.

"이 차가 그렇게 좋으면 너 가져. 열쇠는 내가 가져가니 너 혼자 여기 앉아 있으라고. 나까지 길에서 헤매게 만들지 말고!"

내리라는 말보다 더 비참하게 들렸다. 난 꽃다발과 가방을 들고 차에서 내렸다.

비가 내리고 있었다.

난 우산도 없이 천천히 걸었다. 예쁘게 차려 입은 원피스와 꽃다발이 빗물에 젖어 축축 늘어졌다. 스산한 날씨 탓인지 거리는 지나가는 행인도 없이 텅 비어 있었고 가게도 일찍 문을 닫아 가로등 불빛만 가물거리고 있었다. 낮은 언덕 위에 있는 성당에 불이 켜져 있었다. 난 비에 젖어 덜덜 떨면서 언덕을 올라 성당 마당에 들어섰다. 본당은 불이 꺼진 채 떨어지는 빗속에 검은 그림자를 드리우고 서 있었고 성모상 앞에는 모르는 이들이 밝혀 놓은 촛불이 바람이 불 때마다 꺼질 듯 위태롭게 흔들리다가도 몸서리를 치며 다시 불꽃을 피웠다. 젖은 하늘이 반으로 갈라지며 번개가 쳤다. 차가운 비에 얼어붙었던 내 맘도 갈라져서 금이 갔다. 죄책감과 비참함으로 만신창이가 되어 찾아온 곳. 성모 마리아의 발밑이었다.

며칠 뒤 그 남자가 친구 모친상에 가야 해서 일찍 떠났던 거라며 미안하다고 사과했다. 난 금이 간 내 맘을 다시 두 손으로 부여 쥐고 그 남자를 용서하고 받아 들였다.

난 여름휴가를 받았다. 그 사람과 보내고 싶었지만 중요한 프로젝트 때문에 시간을 내지 못한다고 했다. 난 아들을 데리고 동해에 있는 한적한 바닷가에 갔다. 아직 사람들한테 알려지지 않아 일부 커플만 모래 해안을 거닐고 있었고 차 소리도 뜸하게 들리는 그런 곳이었다. 하얀 모래가 깔린 부분도 있지만 낮은 바위가 물속에 모래처럼 깔려 있었다. 그 위로 파도가 조용히 넘실대고 높게 솟은 바위에는 작은 소나무가 자라고 있었다. 높은 언덕에 자리한 펜션에서 새하얗게 출렁이는 바다를 바라보며 아들과 좋은 시간을 보냈다. 그런데 그 남자가 정말 프로젝트를 하는지 궁금해졌다. 뭐라고 할까? 여자의 직감이랄까? 항상 휴대폰으로 연락했는데 그날은 안내를 통해 학교 전화로 걸었다. 몇 번이나 신호가 갔지만 받지 않았다. 그 다음 날 다시 전화했더니 조교가 받더니 휴가 갔다고 전해줬다. 난 그때부터 어지럽고 멍했다. 아들이 뭐라고 말하는 소리가 잘 들리지 않았다. 토하고 싶었다. 속에서 스멀거리면서 뭔가 기어오르더니 온몸에 경련이 났다. 손발이 저리고 아파서 가만히 침대에 누워 있었다. 아들은 내가 틀어준 만화 채널을 보고 있었다. 나도 모르게 눈물이 흘러내렸다. 이판사판으로 휴대폰에 전화를 걸어서 난리를 치고 싶었지만 기운이 없었다. 그리고 다른 여자가 있을 때 질투하는 모습을 보이고 싶지 않은 내 마지막 자존심은 지키고 싶었다. 난 일요일이 지나가길 애타게 기다렸다. 월요일에 그가 전화를 했다.

"도대체 왜 거짓말을 하고 휴가를 갔어요?"

물어보는데 나도 모르게 목소리가 떨렸다.

"너 내가 휴가 간 것 어떻게 알았어?"

"지금 내가 어떻게 안 거가 중요해요? 왜 나한테는 일한다고 하고 휴가를 갔냐고요?"

"아버지 산소에 모든 가족이 다 갔어. 누나네, 동생네, 조카, 다 모인다고 연락 왔는데 어떻게 안 가? 내가 장손인데. 이제 별 걸로 다 화를 내네."

"그럼 내가 물었을 때는 왜 프로젝트 때문에 시간을 못 낸다고 했어요?"

"프로젝트 마감일이 연장되었다고. 아-씨. 학교에 전화해서 물어봐. 물어보라고! 넌 남 뒷조사하는 것 좋아하잖아."

"내가 언제 뒷조사했어요? 휴가 간 것도 우연히 알게 된 거지. 그리고 그 여자도 같이 갔죠? 부부라고 한방 쓰고? 맞죠?"

내가 벌벌 떨며 말하자 남자는 언성 높여 대답했다.

"당연한 걸 뭘 물어? 침대 따로 썼으니 걱정하지 마. 내일 이혼해도 사람들한테 정상적인 부부로 행세하다가 할 거니까 제발 신경 좀 쓰지 마라. 내가 이런 것 때문에 돌겠다. 돌겠어."

전화를 끊었다.

난 내가 그 사람이 돌아버릴 만큼 잘못한 것이 뭔지 이해할 수 없었다. 이혼하고 나한테 올 거면 내가 이 세상에서 가장 소중해야 되는 것 아닌가? 내가 울지 않도록 해야 맞는 거 아닐까? 오랫동안 거짓말을 밥 먹듯이 하고 내가 원인을 해결해 달라고 호소하면 큰소리와 짜증부터 내는 이 남자가 무서워졌다. 정작 이혼을 하고 온다고 해도 난 그를 믿을 수 없을 것 같았다. 우리는 3주를 서로 연락하지 않았다. 그 사람이 먼저 연락할 때까지 기다리려고 이를 악물고 참았다. 그런데 내가 이렇게 조용히 물러나면 그는 얼씨구나 하고 잘 살 것 같아서 억울했다. 내가 내 맘을 들여다봐도 이제는 사랑이 아닌 집착이었고, 슬픔과 고통으로 얼룩진 세월에 대한 보상만 바라는 것 같았다. 하지만 난 그 남자가 이혼해야 된다는 사실을 잊지 않도록 또 연락해서 화해했다. 다리를 잡고 놓아주지 않는 물귀신처럼 그 남자도 이혼하게 만들고 싶었다.

난 점점 여위어 갔고 표정이 어두워졌다. 간만에 후배를 만났다.

"언니, 무슨 일 있어? 얼굴이 너무 상했다. 이런 것 처음 봐. 세상 어디라도 날아갈 듯이 밝았던 사람이 도대체 왜 이래?"

후배는 유난스럽게 호들갑을 떨었다. 난 자존심이 상해서 차마 내 이야기라고는 말 못하고 사촌 동생이 요즘 남자 때문에 괴로워해서 그 이야기 들어주느라 밤에 잠을 못 자서 그렇다고 핑계를 댔다.

"사촌 동생은 이혼했는데 그 남자는 이혼 못했다고? 한국 남자는 백에 구십구 명 이혼 못해. 내 친구들을 봐도 남자들은 이혼하는 걸 실패로 생각하고 두려워하더라. 뭐 남자만 그런가? 여자도 그렇게 생각하니까 결혼 생활이 아무리 거지같아도 붙어서 살지. 내가 정확히 통계를 안 내봐서 모르겠는데 남자가 이혼하는 경우는 바람 난 여자가 마누라한테 찾아가서 난리를 쳐야 되더라고. 사촌 동생도 그러라고 해. 체면, 자존심 이런 것 생각하면서 기다리면 남자는 무한정 미뤄. 되도록 안 하고 싶거든. 그리고 더 웃기는 건 일단 바람 피우다가 들켜도 헤어지는 건 또 여자 손에 달렸더라고. 그 마누라 손에 달렸어. 바람 피우다가 들키면 남자는 일단 변명하고 싹싹 빌면서 없던 일로 하고 싶어지나봐. 마누라가 이런 놈하고 더러워서 더 이상 못 산다고 하면서 재산 뺏고 쫓아내야 나오는 게 남자더라. 만약 여자가 용서해 준다고 하면 감지덕지하면서 같이 살다가 기회 봐서 또 바람피우는 게 남자야. 그 여자가 죽도록 좋으면 벌써 헤어졌지. 핑계 많은 남자치고 결단력 있는 남자 없어. 못 헤어지는 데는 다 이유가 있어. 내가 사촌 동생 같으면 그런 우유부단한 남자하고 같이 안 살겠다. 뭐 하러 그래?"

"그러게 네 말이 맞는 것 같다. 그런 남자하고 같이 살면 뭐하겠니? 사랑하는 여자를 그런 식으로 취급하는 남자하고."

"남자들은 사랑이 전부가 아니거든. 여자는 사랑에 목숨 걸지만, 남자는 사랑이 그냥 삶의 일부야. 나 아는 사람 중에 한 명이 남편이 바람 피우는 걸 알았어. 여자가 헤어지자고 하니까 남자가 싹싹 빌면서 다시는 안 그런다고 그래서 애들을 봐서 용서해줬거든. 그런데 그 여자가 산부인과 가서 이쁜이 수술 받았단다. 남편이 다시 바람 피우게 하지 않겠다고 하면서. 정말 대단한 소유욕 아니야? 부부 관계를 잘해보겠다는 발악? 난 내 남편이 그랬다고 하면 다시는 내 몸에 손도 못 대게 할 텐데. 끔찍하다. 사람들은 왜 이리 불쌍하게 살지?"

후배는 남의 일에 너무 신경 쓰지 말고 잘 챙겨 먹으라고 하고 돌아갔다. 속이 상했다. 후배가 하는 말이 다 맞지만 난 그럴 자신이 없었다. 그리고 참고 살아오는 세월 동안 너무 상처를 많이 받아서 내 머리까지 뜯기면서 그 남자를 데려와서 잘 살 자신도 없었다.

3년을 넘어설 무렵부터 같이 자는 횟수도 줄어들었다. 이전에는 장소를 가리지 않고 키스하기 바빴는데 시간이 지나자 서서히 집에 데려다 줘도 자기는커녕 키스도 잘하지 않았다. 피곤하다고 떠나기 바빴다. 난 그 사람이 변해가는 것 같아서 안타까웠다. 하지만 그 사람의 대답은 한결 같았다. 나이가 드니까 피곤해서 체력적으로 딸린다고……. 나는 서운한 마음을 숨기지 못했다.

"자기는 정말 나하고만 자는 것 맞아요?"

"당연한 걸 왜 묻지? 이런 질문이 얼마나 피곤한 건지 알아? 넌 나하고만 자는 것 맞아?"

난 어이가 없어서 울기 시작했다.

"어떻게 그렇게 물을 수가 있어요? 내가 당신을 어떻게 생각하는 줄 알면서……. 내가 남편도 버리고 여기까지 왔는데."

"그러니까 네가 그렇게 물으면 나도 힘들어. 내가 너 말고 누구랑 같이 자니? 제발 그런 말은 좀 하지 마."

그는 나를 다독거렸다.

"자기는 아직도 한집에서 아내랑 살잖아요. 왜 도대체 이혼을 못하는 건데? 난 이미 오래 전에 이혼하고 나왔는데……."

"내가 말했잖아. 난 이혼하는 데 오래 걸린다고. 그 여자 불쌍해서 좀 기다려야 한다고. 이제 혼자 잘 살 것처럼 보이니까 몇 개월 뒤에 이혼 소송해서 처리할게. 좀만 기다려라."

내가 몇 마디 더 하자 그 남자는 지겨워서 가슴이 터질 것 같다고 버럭 화를 내면서 혼자 가버렸다.

그리고 한 달 동안 연락하지 않았다. 내가 전화해도 받지 않고 메일을 보내도 답장하지 않았다. 난 혹시라도 더 기다리지 않아서 그 사람을 놓칠까 봐 두려웠다. 자존심을 누그러뜨리고 한 달 후에 전화를 하자 그 사람이 전화를 받았다.

"미안해요. 내가 좀 더 기다리고 조심하면 될 텐데……. 기분 나빴죠?"

그 남자는 나를 용서해 주었고 난 다시 그의 애인이 되었다.

왜 그랬을까? 왜? 분명히 그 남자가 잘못한 건데. 왜 내가 사과를 할까? 곰곰이 생각했다. 결론은 이 남자를 얻기 위해 내가 버린 것이 너무 많다는 거였다. 잃어버린 가족, 세상의 비난, 고뇌에 찬 시간, 심적 고통을 모두 이 남자를 위해 걸었기 때문에 이 남자를 잃는다는 건 나에게 곧 종말처럼 느껴졌기 때문이었다. 남자 때문에 자식도 버리고 이혼하더니, 그 남자한테도 버림받은 여자가 되기 싫었던 것이었다.

*

책에 고추를 먹는 남자가 나왔다. 인도에서 한 남자가 계속 고추를 먹으면서 맵다고 울고 있었다. 스님이 왜 그렇게 매운 고추를 계속 먹으면서 고통스러워 하냐고 물으니까 혹시라도 단맛이 나는 고추가 있을까 싶어 먹는다고 했다.

"이 세상에 단맛이 나는 고추가 없을 텐데 이제라도 그만 하시죠?"

스님은 마치 나를 조용히 타이르는 것 같았다.

"지금까지 해 온 것이 아까워서 그만 두지 못하겠어요. 억울해서 저는 계속할 거예요."

난 내가 꼭 그 모양 그 꼴인 것 같았다. 난 매운 고추를 죽을 때까지 먹을까 봐 겁이 났다.

그날도 그 남자가 집에 들어가기 전에 전화를 하기를 기다렸다. 그런데 시간이 꽤 늦었는데도 전화가 오지 않았다. 그래서 난 문자를 보냈다.

[어디야? 집에 들어갔어?]

[응 집이야. 내가 텔레비전 큰 걸로 주문했어. 며칠 뒤에 도착할거야. 난 항상 널 생각해. 알지?]

답이 왔다. 난 텔레비전을 사줬다는 말에 너무 좋아서,

[고마워. 기분 좋아. 잘 자. 사랑해.]

답을 보냈다.

[응 너도 잘 자.]

답장이 왔다.

난 휴대폰을 꼭 쥐고 고마워했다. 텔레비전을 잘 안 보지만 없다는 건 약간 불편했는데 그걸 알고 사주는 것이 고마웠다.

그런데 좀 있다가 그 사람이 전화를 걸었다. 집에 들어가면 전화를 잘 안 하기 때문에 이상하다고 생각하며 받았다. 그런데 내가 무슨 일이냐고 물어도 상대가 답을 하지 않았다. 전화기 저편에서 여자들하고 남자들이 웃는 소리가 들리고 노래 부르는 소리가 들렸다. 난 이게 도대체 무슨 일인지 몰라서 그 순간 얼어붙었다.

전화기가 잘못 눌리면 마지막에 걸었던 사람한테 전화가 걸리는 일이 있는데 바로 그 상황이 발생한 거였다. 그 남자는 나에게 집에 있다고 거짓말하고 다른 사람들과 놀고 있었다. 난 숨을 죽이고 뭐라고 하나 들었다. 서로 웅성웅성 떠들고 노래가 나오고 있었기 때문에 정확한 내용은 파악하기 힘들었다. 10분쯤 있다가 전화가 저절로 끊어졌다. 난 손이 떨려서 전화기를 잡고 있기 힘들 지경이었다.

내가 그렇게 거짓말하지 말라고 부탁했지만 그 사람은 나한테 거짓

말을 하고 있었던 것이었다. 난 그 사람한테 메시지를 남겼다. 술집에서 놀고 있는 것 아니까 연락하라고……. 1시간 후 그 남자가 미안해하며 전화를 했다. 난 당장 내 아파트로 오라고 했다. 그 남자는 취한 채 도착해서 미안하다고 또 사과했다. 친구들과 노는 데 나를 자주 보러 안 와서 화낼까 봐 거짓말했다고 했다. 난 그 사람이 보는 앞에서 그 사람이 그려준 내 초상화와 다른 그림들을 갈기갈기 찢었다. 그리고 그 사람 뺨을 때렸다. 그 남자가 다시 버럭 화를 냈다.

"도대체 뭐 때문에 이래? 내가 사과했잖아. 이게 뺨까지 때릴 일이야? 내가 다른 여자 만났냐고? 그냥 친구 만나서 논건데 너 왜 이래? 너 성격 너무 나빠졌어. 처음에 다정하고 이해심 많던 그 여자가 아니야. 나 이제 너 만나는 게 무서워."

남자는 소리를 질렀다. 난 그때 너무 화가 나서 참을 수가 없었다.

"난 참을 수가 없어요. 당신의 그 무심함이 너무 싫어. 우리 둘이 있기 위해 세상에 거짓말 하는 걸로 불충분해요? 나한테는 정직해야지. 이제 난 거짓말하고 사는 것 지겨워. 도대체 4년을 다른 여자를 만나고 다녀도 모르는 당신 아내는 얼마나 무심한 거야? 둘이 좋아하지도 않는데 왜 그 여자를 못 버려요?"

"또 그 이야기냐? 지금 몇 년째 그 이야기 들으니 내가 돌겠다 돌겠어! 제발 좀 그만해. 넌 내 목을 조른다 졸라. 정말 지겨워!"

남자는 경멸의 눈초리로 쳐다보며 소리를 질렀다.

"자기는 이제 날 사랑하지 않는 것 같아요. 잘 안아 주지도 않잖아."

내가 울면서 말하자, 그 남자는 나에게 다가와서 안아주었다.

"자꾸 화를 내니까 기분이 안 나잖아. 이렇게 살벌한데 내가 어떻게 안고 싶은 맘이 생기겠어? 그러니까 나한테 잘해. 좀 재미있게 해주고 즐겁게 하면 내가 다시 안아줄게."

난 그 남자한테 꼭 붙어서 그렇게 하겠다고 고개를 끄덕였다. 난 그날 그 남자와 마지막으로 잤다. 행복하지 않았다. 며칠 후 텔레비전이 왔지만 뜯어보지도 않고 옆에다 세워 두었다.

그 남자는 내가 전화하면 받지 않는 경우가 많았다. 그리고는 회의 때문에, 강의 중이라서 받지 못했다고 했다. 난 충분히 그럴 수 있었기 때문에 그 사람 말을 그대로 믿었다.

어느 날 난 그 남자와 둘이서 영화를 보고 있었다. 전화가 왔다. 10번을 울리는데 끄지도 않고 전화를 울리게 내버려 두고 있었다. 난 짜증과 불안 때문에 미칠 것 같았다. 난 영화가 마치자 말자 전화기를 내놓으라고 했다. 그 남자는 날 미친년 쳐다보듯 바라봤다.

"내가 너한테 왜 휴대폰을 보여줘야 하는데?"

"자기는 나 사랑한다면서? 그런데 왜 못 보여줘요? 아내랑 헤어지고 조만간 나한테 올 텐데 왜 못 보여줘요? 아내한테 연락 왔는지 볼래요."

그 사람이 되받아쳤다.

"이건 프라이버시 침해야. 넌 예의도 없냐?"

"아니요. 이건 예의 문제가 아니에요. 사랑하는 사람 사이에는 비밀이 없어야지. 우리 둘 다 상대를 배신하고 왔기 때문에 우리 둘 다 또 배신할 가망성이 있는 것 몰라요? 난 내가 내 남편을 어떻게 배신했는지 알기 때문에 당신이 그러는 걸 참을 수 없어요. 난 감시하고 보고 확인하고 그래야 할 것 같아요."

"지금 내 앞에서 아내한테 전화해요. 어떻게 둘이 통화하나 알고 싶어요. 이번 해에 이혼하려면 둘이 원수처럼 지내야 하는데 그게 맞는지 보고 싶어요. 늦게 들어온다고 챙기고 그럼 그건 이혼할 사람들의 관계가 아니야. 아니라고."

나는 혼자 악을 썼다.

"사람들이 다 너 같은 줄 알아? 나와 내 아내는 틀려. 우리 둘의 관계는 내가 제일 잘 안다고. 넌 왜 맨날 이혼 타령이니. 지겨워 죽겠어. 지금 우리 4년 동안 사귀면서 네가 한 말의 80%는 이혼이야. 처음에는 네가 이혼하는 걸로 날 괴롭히더니, 이제는 왜 내가 빨리 이혼 안 하는 걸로 그렇게 괴롭혀야 해? 난 너 같이 굴면 정말 같이 살아야 되나 싶어. 이렇게 잔소리하고 징징거릴 거면 내가 왜 지금 아내와 헤어져서 너한테 가야 되나 싶다니까? 제발 좀 내 안식처가 되어 주면 안 되냐? 그래야지 나도 너한테 와서 기분 좋고 하면 저절로 이혼할 맘이 들지. 안 그래?"

평소에 난 이런 말을 들으면 당장 꼬리를 내리고 착하게 굴었다. 그 남자한테 찰싹 붙어서 키스하고 미안하다고 말하고 내가 기다릴 테니 얼른 이혼하라고 아기 다루듯이 조심해서 말하고 행동했다.

지금 생각하면 그건 '지금처럼 날 대해줘. 난 당신 비위에 맞춰 살게. 지금처럼 날 불륜녀 취급해줘. 당신처럼 멋진 남자가 나를 위해 시간 내서 오면 감지덕지할게. 나한테 밥 사주고, 옷도 가끔 사주고, 가끔 전

그래도 돈 주는 놈이 낫다

화해주는 남자가 있는 게 어디야?' 이렇게.

  그러나 난 4년을 기다렸다. 이제 이 말로 상황을 무마하기에 너무 오
래 기다렸다. 난 어디서 그런 용기를 얻었는지 그 남자한테서 휴대폰을
빼앗아서 꼭 쥐고 말했다.

  "나 지금 너네 집으로 전화할 거야."

  "야 미쳤어? 내 일은 내가 처리한다고 했지? 난 너처럼 그렇게 쉽게
이혼 못 한다고 했을 텐데. 난 그 여자한테 미안한 것이 많아서 너처럼
쉽게 이혼 못 한다고. 이 죄책감을 넌 모를 거다."

  또 그 '불쌍한 죄책감' 타령이었다.

  "야, 이 못된 놈아. 난 살아 있는 내 새끼 버리고 너한테 왔다. 넌 내가
죄책감을 못 느낀다고 생각하냐? 너 죄책감이라고 했는데 말 잘했다.
난 살아 있는 내 자식한테 잘해주지 못해서 죽을 때까지 미안할 거다.
너랑 사는 데 혹시라도 방해될까 봐 전남편한테 애 주고 온 내 심정을
넌 이해하니? 뭐 살아 있으니까 주말에도 만나고 두고두고 잘해주면
된다는 둥 그런 말 하지 마. 넌 자식한테 미안해서 행복해지는 것 피하
고 있다고 했지만 그건 새빨간 거짓말이야. 넌 놀 것 다 놀잖아. 너 정
말 죽은 아들한테 미안하면 사람들이 보든 안 보든 불행하게 살고 자중
해야지. 안 그래요? 사람들 안 보는 데서 왜 나랑 같이 자고 그랬어요?
왜 사람들하고 회식하고 놀아요? 왜 비싼 와인 마셔요? 왜 비싸고 좋은
옷 사냐고? 외제차는 왜 몰라요? 왜 노래방 가고 술집 가서 흥청거리며
놀아? 그건 쾌락을 누리는 것 아니야? 사람들이 자기만 잘 살려고 이

혼했다는 소리 안 들으려고 이러는 것 모를 줄 알아? 이제 그건 핑계지 이유가 될 수 없어. 이렇게 이혼 못 할 거면 왜 나한테 기다리라고 했어? 왜 내가 이혼하고 이렇게 망가질 때까지 관계를 끌고 온 거야? 그리고 지금 와서 내가 너를 괴롭힌다고 성격이 안 좋아서 살아야 될지 고민된다고? 언제 한 번 나한테 잘해준 적 있어요? 떳떳하게 대한 적 있냐고?"

"너 우는 것도 지겨워. 도대체 왜 우냐? 내가 시간 많이 걸린다고 너한테 조바심 내지 말고 기다리라고 했잖아? 이혼은 널 위해 했는데 누굴 원망해? 처음부터 난 헤어지는 데 시간 많이 걸린다고 했으면 조용히 기다리지 왜 자꾸 괴롭히냐고? 너 괴로우면 나 만나지 마라. 나도 이제 너 만나면 괴로운 것 밖에 없고 싫다."

그리곤 가버렸다.

밤에 한숨도 못 자고 괴로워했다. 술을 마셔도 진정제를 먹어도 잠을 잘 수가 없었다. 그 다음 날 난 하루 종일 토하고 회사에도 가지 못했다. 너무 서러워서 저녁 때 전화를 했더니 받지 않았다. 난 오기가 났다. 10번을 걸자 전화를 받았다. 뒤에서는 노랫소리와 사람들 웃음소리가 났다.

"도대체 뭘 원해? 너 타령하는 것 내일 다 들어줄 테니 오늘은 내 친구들하고 좀 편하게 놀자. 짜증나서 미치겠다. 내일 들어줄게. 너의 그 지리멸렬한 이야기들!"

그 사람은 전화를 끊었다.

그때서야,

4년이 지나서야,

내 맘과 영혼이 만신창이가 된 후에 난 그 사람이 날 사랑하지 않는 다는 걸 알았다. 난 그래도 미련을 못 버렸는지 그 사람한테 구구절절 왜 헤어지는지 밝혀서 메일을 보냈다. 예상한 대로 그 사람은 나한테 전화를 걸지도 메일을 보내지도 않았다. 아마 내가 예상 밖으로 쉽게 떨어져 나간 걸 즐거워했는지도 모르겠다. 그런데 헤어지고 나니 아무 상관이 없었다. 그 남자가 누구와 자든, 죽든.

그래도 돈 주는 놈이 낫다

세월이 약이라고 지금은 담담하게 글을 쓰고 있지만 그 남자와 헤어 지고 처음에 난 죽을 생각만 했다. 내 인생을 망친 그 남자는 악마고 난 선의의 피해자였으니까.

못 먹는 밥에 재라도 뿌려보자는 심정으로 '네 남편 바람 핀 것 아 냐?'고 그 사람의 아내한테 전화하고 싶은 충동까지 들었다.

한번은, 같이 죽어버리자는 생각도 들어서 그 남자 집 앞에서 몇 시 간을 기다린 적도 있었다. 차마 자존심이 상해서 마주치기 전에 돌아왔 지만 난 그 사람으로 인해 모든 걸 잃은 것 같았다.

그때는……. 그랬다.

어느 날 직장에서 돌아와 혼자 드라마를 보는데 어떤 남자가 정부한테 돈을 들고 와서 도저히 이혼을 못하겠으니 헤어져야겠다고 말하면서, 정말 미안하니 하고 싶은 것 하라고 돈을 줬다. 그 여자는 돈을 던지면서 싫다고 했다. 자기는 그 남자의 사랑만을 원하는 거지 돈은 필요 없다고……. 저 여자는 왜 저럴까 싶었다. 난 아무 보상도 없이 미안하다는 말도 못 듣고 헤어져서 억울한데……. 돈을 주는 건 그래도 미안한 생각이 있고 뭔가를 주려고 하는 것 아닐까? 그래도 돈 주는 놈이 낫다는 생각이 들었고 드라마 속에 버림받은 여자가 부러웠다. 며칠 지나서 난 무슨 생각이 들었는지 그 남자에게 전화했다. 예상대로 첫마디가 곱게 나오지 않았다.

"나 없이 잘 지내고 있나 보죠?"

비아냥대는 내 말 끝에 잠시 불편한 정적이 이어졌다.

"하……. 그래. 잘 지내. 바쁘게 지내면 좋을 텐데 또 심심한가 보지? 왜 전화했나? 난 이제 할 말 없는데."

이제는 일말의 감정도 없는 듯 퉁명스러운 말투였다.

"나한테 정말 아무 할 말이 없어요? 나한테 진심으로 미안하다고 사과해야 하는 것 아니에요? 나한테 안 미안해요? 사람이면 좀 미안해야 하는 것 아닌가? 나한테 거짓 희망을 주고 여기까지 왔으면 그 고생한 세월에 대해 미안한 맘이 있어야죠. 안 그래요?"

내 말이 끝나기도 전에 수화기 너머로 비웃는 소리가 들려왔다.

"너 때문에 힘들었던 내 고통은 생각 안 해? 나도 진저리가 나도록 싫다. 너야 말로 사과해."

그래도 돈 주는 놈이 낫다

69

"날 가지고 놀았던 것 아니에요? 내가 남한테 모질게 못하는 성격이라서, 집에 찾아가서 난리치고 그런 것 못하는 여자인 줄 아니까, 지금까지 편하게 가지고 놀려고 그런 것 아니냐고요, 그리고 약속 지키기 싫으니까 내 성격 더럽다고 버린 거잖아요."

"누가 누굴 가지고 놀아? 둘이 같이 한 일을 가지고 왜 모든 걸 나한테 돌려?"

"내 고통을 돈으로라도 보상할 생각은 없어요?"

준비한 말을 했다.

"허허, 진짜 어이가 없네. 둘이 여기까지 왔으면 둘이 책임을 지는 거지. 왜 내가 혼자 잘못한 것처럼 너한테 돈을 줘야 하는데? 사귀다 헤어지면서 돈 내놓으라는 사람은 세상에 너밖에 없을걸. 지나가는 사람한테 잡고 물어봐 네가 정상인지. 정말 정 떨어진다. 형편이 안 좋아서 부탁이라도 하면 불쌍해서라도 좀 줄 수도 있겠지만, 직장도 있고 집도 있으면서 나한테 그렇게 모든 책임을 모두 전가하면 안 되지. 쓸데없이 제발 전화 좀 하지 마. 다 끝난 일로 왜 사람을 괴롭혀? 이제 네 목소리 듣는 것도 끔찍하다."

전화는 바로 끊어졌다.

긴긴 밤

머릿속은 한 가지 생각뿐이었다.

'그래도 역시 돈 주는 놈이 낫다.'

*

집과 회사를 다니는 한동안은 그런 생각이 쫓아다녔다.

'그 남자는 날 버리면 안 돼. 그 남자 때문에 난 가족과 가정을 잃었어. 난 절대로 다시 행복해지지 못할 거야.'

슬픔과 외로움이 어두운 그림자를 드리우며 내 삶을 따라 다녔다. 어디를 가도 배신감을 떨칠 수 없었고 인생을 실패했다는 자괴감이 내가 사는 세상을 지배했다.

어느 날 내가 적어둔 일기장을 보니 난 그 남자를 처음 만난 해부터 몇 년 동안 계속 내가 보지 못하는 그 남자의 세계를 질투하고 있었다. 그 사람의 아내, 학생, 교수, 친구, 부모, 형제, 심지어는 그림, 와인, 세미나와 노래방까지도……. 이 세상 모든 여자가 그 남자를 좋아하고 그 남자는 그 여자들한테 관심을 두고 있는 것 같았다. 그런데 어느 순간, '과연 그럴까?'하는 생각이 들었다. 아니었다. 어느 카사노바도 이 세상 모든 여자를 홀리고 다닐 수 없으니까. 내 눈에야 멋있게 보이지만 다른 여자들한테는 그렇게 보이지 않을 수도 있는데…….

'그 남자가 아내를 꼭 떠나야 하나?'라고 생각하니 객관적으로 그 남자는 아내를 떠나지 않고 가정을 지키는 것이 더 올바른 행동이었다. 나도 섣부르게 내 가정을 버린 걸 후회하는데 그 남자가 가정을 버리지 않는 걸 비난할 자격이 없다는 생각이 들었다. 난 나 자신이 편하기 위해 이혼했지 그 남자를 위해 이혼한 것이 아니라는 생각도 들었다.

순간 지난 몇 년 동안 나를 괴롭혀 온 고통의 고리가 너무도 허무하게 끊어졌다. 내 모든 걸 희생해도 아깝지 않다고 생각했던 남자. 그와 있었던 시간은 나름 내 인생에서 빛나는 시간이었다.

'스스로 허락하지 않는 한 어떤 사람도 날 불행하게 만들 수 없다.'

관계는 두 사람이 형성하는 건데 난 그 사람이 머뭇거리면서 행동으로 보내는 신호를 모두 무시하고 내가 원하는 말만 듣고 내가 꿈꾸던 미래만을 향해 맹목적으로 달렸던 것이었다. 처음부터 그 사람은 아내를 떠나고 가정을 부술 생각이 없었는데…….

그 남자와 헤어진 지 넉 달쯤 되었을 때 헤어진 전남편한테 전화가 왔다. 여전히 따뜻한 그 사람의 목소리를 들으니 와락 눈물이 났다. 겨우 눈물을 삼켜가며 명랑하게 전화를 받았다. 전남편은 걱정되는 목소리로 아들 상태가 안 좋은 것 같다고 말했다. 아동 정신과에서 검사받고 있는데 아무래도 정서 불안 증세를 보인다고…….

나는 3일을 울었다. 눈이 퉁퉁 부어서 소시지처럼 변해서 앞이 잘 보이지 않았다. 이 모든 것이 나의 부정한 행위와 집착으로 인해 발생하는 것 같았다. 확 죽어버리고 싶었지만 그렇다고 목숨을 끊을 용기도 없었다. 검사 결과가 나오는 날 우리 3명은 다시 가족이 되어서 의사를 찾아 갔다. 여러 가지 이야기를 나누더니 의사는 아들의 빠른 회복을 위해 가족이 함께 사는 것이 좋다는 것을 조심스럽게 제안했다.

법적으로 이혼한 상태지만 전남편과 함께 아들을 돌보기 위해 다시 한 집에서 살게 되었다. 나는 그전보다 훨씬 더 열심히 아들을 돌보고 집안 일을 했다. 회사도 일이 좀 적은 곳으로 옮겨서 아들과 더 많이 있을 수 있도록 했다. 아들은 점점 더 씩씩하고 밝게 자랐다. 언제 그랬던

가 싶게……. 착한 전남편한테는 새로 애인도 생겼다. 하지만 난 질투
할 자격도 없었다. 다만 아들 곁에 살게 해 준 그 사람에게 감사할 따름
이었다.

*

2년이 흐른 어느 날 그 남자한테 문자가 왔다.

드디어 이혼했다고 전했다.

자신보다 20살 어린 여자와 사랑에 빠져서 그 여자를 놓치지 않기
위해서 이혼했다고 했다. 태어나서 한 번도 하지 않던 질투란 게 무엇
인지 알게 되고, 어떤 사람이 자신을 떠날까 봐 두려워하는 것도 무엇
인지 알게 되었다고, 마치 그 어린 여자 애가 자신의 심장을 빼서 공기
놀이를 하고 있는 듯 진이 빠지고 힘들다고……. 그리고 자신이 사랑에
빠져 보니 그동안 자신이 나의 사랑을 몰라주고 얼마나 괴롭혔는지 미
안해서 사과하려고 연락한다고 쓰여 있었다.

이전에 나였더라면 그 어린 여자보다 내가 덜 사랑 받았다고 생각하
고 분기탱천했을 텐데 이제 난 그 사람이 어떤 선택을 하든 나의 가치
와는 아무런 상관이 없다는 걸 알만큼 현명해졌다. 나는 축하한다고
답장을 했다. 지금이라도 사랑하는 법을 배워서 다행이라고……. 그게
비록 내가 아닐지라도 진정으로 누구를 대하고 사랑하는 법을 아는
건 멋진 일이기 때문에…….

난 더 이상 나의 과거를 부끄러워하지 않기로 했다. 세상 사람들이

다 손가락질해도 나만은 어리석었던 나 자신을 사랑해 주고 용서해 주고 싶었다. 비록 그 사람은 날 진심으로 사랑하지 않았지만 그건 그 사람의 잘못이지 나의 잘못은 아니니까. 이젠 난 이런 생각이 떠오르면 얼른 옷을 챙겨 입고 동네 초등학교에 달리기를 하러 나간다. 숨이 턱까지 차오르고 심장이 터질 듯이 뛰면 난 내가 살아 있다는 걸 느낀다. 그럼 운동장 벤치에 누워 하늘을 보며 서산 대사의 말을 떠올리곤 한다.

'생이란 한 조각 뜬 구름이 일어남이오, 죽음이란 한 조각 뜬 구름이 스러짐이라. 뜬 구름 자체가 본래 실체가 없는 것이니 나고 죽고 오고 감이 역시 그와 같다네. 천 가지 계획과 만 가지 생각이 불타는 화로 위의 한 점 눈(雪)이로다. 논갈이 소가 물 위로 걸어가니 대지와 허공이 갈라지는구나.'

집을 찾아서

그날 밤 전화가 왔다. 처음에는 장난 전화려니 하면서 그냥 끊었다. 하지만 네 번
정도 그런 전화를 받으니 문득 그런 생각이 들었다. 오빠가 아닐까? 김정호가 아닐까?
가슴 언저리가 서늘하게 식고 온몸에 진땀이 흘렀다.

난 절대 죽지 않아

나는 김정호다

정신이 들었다.

정전이 되었다가 갑자기 켜지는 불처럼 의식이 돌아오는 것이 느껴졌다. 김정호는 끝을 모르는 깊은 심연을 헤매다가 수면으로 떠올랐다.

처음에 그는 자신이 누군지 어디에 있는지 생각나지 않았다. 그러다가 서서히 기억들이 몰려들었다.

췌장암에 걸렸었고 수술을 받으러 들어갔으며, 마취한다고 의사가 마스크를 대며 숨을 쉬라고 했고……. 그리곤 생각이 나지 않았다. 어쨌든 분명한 것은 자신이 살아 있다는 사실이었다. 살아 있는 걸 확인하기 위해 눈을 뜨려고 했지만, 눈은 눈곱으로 들러붙어 꼼짝하지 않았다. 떨리는 손을 간신히 들어 올려 눈을 비벼서 모래가루 같은 눈곱을 떼어냈다. 딱딱하게 굳은 눈곱을 억지로 떼니 속눈썹까지 빠지며 아팠다. 겨우 가는 구멍이 뚫리고 빛이 쏟아져 들어 왔다. 그 사이로 밝게 켜진 형광등 불빛과 새하얀 병원 천장이 보였다. 눈이 부셔서 얼른 다시 감았다.

삐삐비익거리며 기계가 요동을 치자 간호사들이 우르르 몰려들어 소리쳤다.

"김정호 씨! 김정호 씨! 정신이 드세요? 정신 드세요?"

정호는 간신히 눈을 다시 가늘게 뜨며 고개를 까닥거렸다. 몸 위로 간호사들 얼굴이 희미하게 보였다.

"김정호 씨, 여기가 어딘지 아시겠어요?"

"병—원…?"

"예. 맞아요. 정신이 드셨네요. 다행이에요. 수술은 잘 끝났고 여기는 중환자실이에요. 생각보다 일찍 마취에서 깨셨네요. 고생 많이 하셨어요."

웅성거리던 간호사들이 물러나고 간호사 한 명이 주사 몇 대를 링거줄에 놓았다. 정호는 아무런 감각이 느껴지지 않았다. 다만 '아……. 나 살아났구나.'라는 안도감과 함께 다시 깊은 잠 속으로 빠져 들었다.

3일을 중환자실에 있었다.

그곳은 죽기 직전에 맛보는 또다른 지옥이었다. 쭉 늘어선 침상에 환자들이 줄지어 누워 있었고, 몸에 들러붙어 있는 기계들은 계속 삑삑거리며 소리를 질러댔다. 정신 차리라는 누군가의 절규. 고함 소리. 하루에 두 번 있는 면회 시간에 몰려온 가족들이 우는 소리. 머리 위를 24시간 환히 밝히는 불빛. 신음하면서 앓는 소리. 간호사들의 바쁜 발걸음 소리. 짙게 깔린 죽음의 그림자. 죽은 사람을 옮기는 소리까지…….

진통제와 안정제를 아무리 맞고 약에 취해도 김정호는 거의 잠을 잘 수 없었다. 중환자실에 더 있다가는 불면 때문에 죽을 것 같다는 생각이 들 쯤 일반 병실로 옮겨갈 수 있었다. 살 것 같았다. 정호는 관처럼 어둡고 고요한 병실에서 거의 하루를 죽은 듯이 잤다. 췌장암 진단 후 무언가에 쫓기듯 자다가도 놀라서 벌떡벌떡 깨곤 했는데 몇 달 만에 처음으로 죽음보다 더 깊은 잠을 잤다. 수술을 한 지 6일째 되는 날 저녁, 그는 비로소 정신을 차릴 수 있었다.

정호의 몸에는 산소관이, 방광에는 오줌관이 꽂혀 있었고 기저귀를 차고 몸통에는 붕대가 칭칭 감겨 있었다. 너무 누워 있어 허리가 아팠던 정호는 침대를 세웠다.

비스듬히 서울 야경이 보였다. 그리고 깜깜한 창에 낯선 얼굴 하나가 비쳤다. 며칠 동안인지 감지 못한 흰 머리칼은 회오리처럼 헝클어져 있었다. 주름살투성이의 정호와 닮은 몰골, 구부정한 어깨, 병원복 안으로 버석하게 마른 몸이 보였다. 분명히 자신의 얼굴이라는 사실을 알고 있었지만, 유리 속에 떠 있는 사람을 인정할 수 없었다.

'이게 나란 말인가……. 한 회사를 떠나가게 호령하고 사람들을 내 발아래 엎드려 기게 만들던 그 김정호란 말인가?'

회사에서 쫓겨난 후 다시 직장을 찾으려고 애쓰던 때가 떠올랐다. 헤드헌터에 아무리 연락해도 한군데서도 연락이 오지 않았다. 뼈가 오그라들고 피가 말랐다. 몇 달간 애태우며 기다린 맷가로 겨우 작은 외국계 지사에 이력서가 통과하여 호텔 미팅 룸에서 인터뷰를 봤다. 58세가 되어 새파랗게 젊은 외국 놈들한테 굽실거리며 열심히 하겠다고 머리를 조아린 덕분인지 인터뷰 후에 옆구리가 칼로 베이는 듯이 아팠다. 스트레스 때문이라고 생각하고 집에 와서 혼자 와인 반병을 마시고 잤다.

다음 날 정호가 화장실에 가려고 일어섰는데 옆구리가 터질 듯이 아팠다. 간신히 택시를 타고 근처 병원에 가자 동네 내과 의사는 머리를 흔들며 대학 병원으로 가라고 했다.

제기랄, 빌어먹을…….

도대체 뭔 병인데 이 난리인지 짜증이 났다. 그를 스쳐간 수많은 의사들. 이런저런 검사를 하고나자 젊은 레지던트 하나가 정호 앞에 나타났다. 녀석은 감색 뿔테안경을 추어올리며 연민의 기색도 없이 췌장암이라고 말했다.

회사였다면 녀석의 태도에 욕부터 뱉었을 텐데. 정호는 누렇게 변한 얼굴을 들지 않았다.

"손을 쓰기도 어려운 상태입니다."

암이 이미 많이 커진 상태라 주변 장기에 침투해서 잘라내도 암이 퍼지는 걸 막기 힘들겠지만, 수술하지 않으면 아파서 거의 움직이기 힘들 거라는 설명을 덧붙였다.

한심한 놈. 지 아버지가 췌장암에 걸렸어도 그런 식의 진단을 내리지는 않겠지.

정호는 자신을 믿었다.

아무리 어려워도 지금까지 버텨온 자신을 믿었다.

지옥같은 중환자실에서도 살아남은 그가 아니던가. 11시간이나 걸린다는 대수술 동의서에 서명을 할 때까지도 그랬다.

'나는 김정호다.'

*

병원에서는 11시간 만에 정호의 뱃속에서 콩팥 하나와, 지리, 창자와 췌장 일부를 꺼냈다.

붕대로 몇 번이나 감아놔도 움푹 꺼져있는 자신의 배를 내려다보는데 갑자기 박 상무가 떠올랐다. 피부암 때문에 다리 한쪽을 잘라내고 목발을 짚고 다니던 그 박 상무.

피부가 얼룩덜룩 이상하고 제대로 걷지도 못하는 주제에 회사를 진작 그만 뒀더라면 그렇게까지 싫어하지는 않았을 텐데, 끝까지 능력도 없으면서 높은 자리에서 버티고 앉아 월급만 축내고 있던 박 상무를 얼마나 귀찮아했는지 기억해 냈다. 사회적 이목이 두려워 나가란 말은 못하고 한직에 앉혀놓고 일을 주지 않은 채 격리시켰는데, 피부암이 팔로 전이되었다. 다시 수술하러 들어가서 영영 나오지 못한 그 박 상무. 단 한 번도 그의 병문안을 간 적이 없는데, 순간 썩어문드러져가는 박 상무의 얼룩덜룩한 얼굴이 선명하게 그려졌다.

'내가 너무 박하게 굴었나? 하지만 회사를 제대로 운영하려면 어쩔 수 없었어.' 정호는 다시 스스로를 합리화했다. 이런 기억들을 쫓으려는 듯 김정호는 머리를 흔들며 계속 혼잣말을 되뇌었다.

'그래. 난 박 상무와 달라. 난 끝까지 해 낼 거라고. 꼭 회복해서 건강해지고 옛날의 당당했던 내 모습을 다시 찾을 거야. 그래, 내가 누군데. 나 김정호야. 김정호! 난 절대로 이대로 죽을 수 없어. 절대로!!! 다시 성공해서 보란 듯이 잘 살아야 해.'

그는 간호사를 불러 수면제를 놓아달라고 했다. 그리고 다시 잠이 들었다.

*

아침에 의사가 생각보다 회복이 빠르다고 했다.

정호는 오랜만에 신이 나는 것 같았다.

"의사 선생님, 이제 더 빨리 회복하려면 어떻게 해야 되나요?"

"잘 드시고 많이 걸으세요. 그래야 배에 아무렇게나 집어넣은 창자와 내장 기관이 빨리 자리를 잡을 거예요."

정호는 수술 후 8일 만에 처음 식사를 하고 병실에서 걷기 시작했다. 조금만 걸어도 온몸은 산산조각이 날듯 힘들었다. 하지만 살고 싶다는 욕망 때문에 5분, 10분, 시간을 늘렸고, 정호는 점점 더 많이, 점점 더 오래 걷기 시작했다. 병실에서만 걷다가 좀 익숙해지자 병실 복도 끝에서 끝까지 링거를 매단 철기둥을 질질 끌면서 걸었다. 열린 병실 문 사이로 20대 초반으로 보이는 젊은 남자가 노란 토사물을 게워내자 시큼털털한 냄새가 복도로 새어나왔다. 청소부가 닦고 간 자리마다 락스 냄새가 역하게 피어올랐고, 치매에 걸린 할머니가 침대에서 벌떡 일어나 앉으며, 소리를 질렀다.

"도둑놈들아! 내 장기 떼서 어디에 팔아먹었냐? 팔아먹었으면 돈을 줘야지. 돈을!"

병원은 구역질나는 상황의 집합소였다.

'같은 옷을 입고 있어도, 저들은 한심한 일개 환자들이고, 나는 김정호야.'

얼른 나아서 이 지옥 같은 세계에서 탈출하고 싶다는 생각 뿐이었다. 정호는 걸음을 재촉했다. 목발을 짚고 천천히 걸어오는 남자와 좁은 복도에서 마주치며 서로 걸어가지 못하자 김정호는 끌고 가던 링거 꽂이로 목발을 쳤다. 휘청거리던 남자가 벽을 짚으며 간신히 균형을 잡았다. 기운이 없었는지 남자는 소리도 지르지 못하고 놀란 눈으로 정호를 바라보았다.

"개새끼야. 제대로 못 걸으면 병실에나 쳐박혀 있어. 어디 돌아다녀 성가시게."

정호는 소리를 지른 후 앞만 보고 걸었다. 20분쯤 걸으니 숨이 턱까지 차고 괴로웠지만 자신이 약속한 30분을 채우기 위해 악착 같이 발걸음을 옮겼다. 병실에 도착하자 다리가 후들거리고 온몸에 쥐가 났다. 정호는 한동안 경련을 일으키다가 썩은 생선처럼 침대에 늘어져 죽은 듯 잤다.

*

"야, 너 정신이 있어? 도대체 정 부장 네가 매달 받아먹는 돈이 얼만데 이딴 식으로 일해? 너 도대체 뭐 생각하고 살아? 스스로 할 줄 아는 일이 뭐가 있어? 지금 네가 했다고 말하는 거 어드민이 하면 되는 일이야. 너 같은 무용지물은 처음 본다. 확 잘려 봐야 정신 차릴 거야?"

김정호는 마케팅 부장에게 소리를 지르고 있었다. 정 부장이 고개를 숙이며 아무 말도 하지 않았다. 다른 사람들도 다 고개를 숙인 채 아무 말도 하지 않았다.

"이 일은 회사 브랜드 이미지를 높이는 데 아주 중요한 사항이라서 제가 시간을……."

정 부장이 말하는 순간, 정호는 휴대폰을 정 부장에게 집어던졌다. 간신히 빗나간 휴대폰이 미팅룸 벽에 부딪치면서 산산조각이 났다.

"이 개새끼야, 지금 입이 열 개라도 할 말이 없을 텐데 뭐라고 변명을 지껄이는 거야? 주둥이를 꿰매버려야 정신 차리겠어?"

소리를 지르는데 갑자기 정부장이 고개를 치켜들더니 눈을 부릅뜨고 소리 질렀다.

"야, 너 말 잘했다. 너야말로 개새끼다. 나 이전에 잘렸어. 네가 짤랐는데 기억 안 나냐? 난 지금 다른 회사에서 잘만 지낸다. 너한테 무용지물로 보이던 내가 능력 있다는 소리 듣고 잘만 산다고. 너야말로 다른 사람 인생 그렇게 망치면서 살다가 잘려서 이 모양, 이 꼴로 병원 신세지고 있냐?"

갑자기 미팅룸이 찌그러지며 병실로 변했고, 자신의 몸이 침대에 묶여 있는 게 보였다. 주위에 모여 있던 사람들이 한 명씩 점멸하듯 사라졌다. 정 부장만 남아서 불쌍하다는 듯 고개를 흔들며 혓바닥을 찼다. 머리맡에서 휴대폰 소리가 계속 울렸다.

정호는 얼떨결에 일어나 잠이 덜 깬 목소리로 전화를 받았다. 수술 전에 인터뷰 봤던 회사였다. 자격 조건이 월등하게 좋아서 현재 자리에 만족하기 어려울 것 같아 채용하지 않기로 결정되었다는 전화였다. 김정호는 화가 나서 말이 채 끝나기도 전에 전화 통화를 끊어 버렸다.

"십팔. 기분 더럽네……."

눈을 돌리니 자는 사이에 식판이 들어와 있었다. 정호는 우걱우걱 밥 한 톨 남기지 않고 싹싹 다 긁어 먹었다. 아프기 전에는 쳐다보지도 않았던 단출한 음식을 생명줄인 듯 먹어 치웠다. 옛날 사람들이 하던 '밥줄 놓으면 명줄 놓는다.'는 말을 곱씹으면서……

전화가 울렸다. 미국에 있는 아들이었다.

"여보세요? 아버지 몸은 좀 어떠세요? 괜찮으세요?"

"응, 수술도 잘 끝났고 지금 무난히 회복 중이다."

"다행이네요. 걱정했는데……."

정호는 아들의 말에 울컥 서운해지기 시작했다.

갑자기 아비가 수술을 했다는데 보러 오기는커녕 이제야 전화를 걸어온 아들놈이 미웠다.

"넌 언제 오냐? 아버지가 이 꼴인데 얼굴도 안 비추냐?"

"죄송해요. 되도록 빠른 시간 내에 한국에 갈게요. 지금은 석사 논문 때문에 너무 바빠요. 내가 가봐야 하지만, 사실 난 의사도 아니고 얼른 간다고 병이 낫는 것도 아니잖아요. 석사 논문 막바지니까 곧 끝나요. 아버지도 바빠서 엄마 아플 때 병원에도 못 왔잖아요. 이해하시죠? 이거 마치고 곧장 갈게요."

아들의 말에는 어디 하나 틀린 구석이 없었다.

과거 일로 할 말이 없어진 정호는 속으로만 생각할 뿐이었다.

'짐승만도 못한 놈. 내가 네 놈을 어떻게 키웠는데, 어디 이런 식으로 갚아?'

정호는 결국 아무 말도 못하고 전화를 끊었다. 하나하나 따져 혼내기에는 정호의 현재 상황이 너무 힘들었다. 아들까지 적으로 만들고 싶지 않았다.

*

다시 일주일이 지났다.

걷고 또 걸었다.

현금 인출기에서 돈을 찾았다.

아침에 의사가 회진을 오자 하얀 가운에 돈을 찔러 넣으며 잘 봐달라고 부탁했다. 마치 의사가 그리스 신화에서 운명의 실을 잣는 노파라서, 자신이 존재할 나날을 늘릴 수 있기라도 한 듯 비굴한 웃음을 흘리며 애처롭게 바라보았다. 담당 간호사한테도 돈을 찔러주며 이것저것부탁했다. 이럴 때 쓰려고 손가락질 받으며 모아둔 돈이 아니던가. 돈으로 자신의 목숨을 구걸할 각오를 했다.

*

밥을 먹고 또 먹었다.

누구도 전화하지 않았다.

누구도 병문안을 오지 않았다.

입 안에 혀처럼 굴던 놈들이 자신이 해고되자 한 번도 연락하지 않았다.

분명히 아프다는 소문이 업계에 돌 텐데……

'정승의 집 개가 죽으면 손님이 많고 정승이 죽으면 손님이 없다.'

자꾸 그런 말이 떠올랐다.

다시 일주일이 지났다.

걷고 밥을 먹었다.

아무도 전화하지 않았다.

아무도 오지 않았다.

또 걷고 밥을 먹었다.

인생에서 믿을 사람은 자신밖에 없다는 걸 알기 때문에 정호는 아무렇지도 않았다.

그리고 한 달 뒤에 항암 치료를 받기 시작했다.

머리가 **빠졌다**.

몇 가닥 애처롭게 매달린 꼴이 애처로워 지하 이발소에서 밀어버렸다.

뼈와 가죽만 남아서 헐렁한 줄무늬 환자복을 입고 **빡빡**머리를 한 정호의 모습이 나치 수용소 수감자 같았다.

토했다. 토하고 또 토했다.

노란 쓴 물이 신맛과 함께 올라오고 뿌옇게 거품이 난 하얀 침과 삼킨 가래까지 게워냈다.

침대에 가만히 누워 있어도 출렁이는 배를 탄 것처럼 울렁거리고 어지러워서 헛구역질을 했다.

아무 것도 먹지 못해 아프리카 난민처럼 말라갔다.

악착같이 돈 끌어 모으느라 기부금 한 푼 못 낸 것이 그제야 후회되었다.

항암 치료가 끝나고 CT를 찍었다.
암이 더 커졌다.

다른 약을 썼다.
이번엔 피부가 시커멓게 변했다.
저승꽃과 검은 반점이 온몸을 덮었다.
다시 여섯 번의 항암 치료가 끝나고 CT를 찍었다.
암이 전이되었다.

화가 머리끝까지 치밀어 올라 간호사와 의사한테 지금까지 들인 돈을 모두 내놓으라고 소리 지르며 심전계를 쓰러뜨리고 벽을 정신없이 내리쳤더니 까진 손에서 피가 흘러내렸다. 말리던 간병인마저 돈 받고 하는 일도 없다며 때렸다. 간병인 눈에 멍이 시퍼렇게 들었다. 경비들이 올라와서 양팔을 붙잡고 강제로 퇴원시키겠다고 으름장을 놓자, 정호는 그제야 울면서 찾아온 돈을 내밀며 다시 목숨을 구걸했다. 몇 배로 더 보상할 테니 제발 쫓아내지 말라고 애걸하면서…….

전신 방사선 치료를 받았다.
인간이 경험할 수 있는 가장 큰 고통을 느꼈다.
매일 살아서 고통을 감당하는 것이 죽음보다 더 끔찍하게 느껴졌다.
온몸이 퉁퉁 부어올라 병원 침대에 꼼짝도 못하고 누워 있었다.

폐결핵에 걸렸다. 죽음의 악마가 굵은 동아줄을 목에 감고 옭아매듯 목이 잠겼다. 씩씩거리는 소리만 나고 공기가 들어가지 않자 목에 공기 구멍을 뚫었다. 목숨은 붙어있지만 목소리가 나오지 않았다. 페니실린을 3주째 먹어도 낫지 않았다.

항생제 때문에 방사선 치료가 중단되었다.

다시는 방사선 치료를 못했다.

돈을 찾아서 다발로 안기며 의사 가운을 붙잡고 제발 낫게 해달라고 애원했다.

의사들은 정호를 쳐다보지도 않고 나가버렸고 회진도 제대로 오지 않았다.

정호는 자신이 낫지 않는다는 사실을 믿을 수가 없었다.

지금까지 그가 원해서 되지 않는 것은 없었는데…….

김정호가 원해서 되지 않은 일이 하나도 없었는데…….

*

"똑똑"

문 두드리는 소리가 들렸다. 정호는 아무런 대꾸도 하지 않았다. 낫지 않는 폐결핵 때문에 침상에 누워 숨을 몰아쉬고 있었다.

택배 기사였다. 작은 소포를 주더니 침대까지 와서 정호의 서명을 받아 갔다. 보낸 사람 이름은 없었다. 정호는 의아해하며 소포를 열었다.

거기에 작은 메모가 남겨져 있었다.

'윤정아 씨께서 교통사고로 돌아가셨습니다. 윤정아라는 이름은 기억하시나요? 아마도 기억 저편에 던져두고 한 번도 생각하지 못한 여자로 남아 있을 것 같네요. 일기장을 복사해서 보내 드리니 시간이 될 때 꼭 읽어봐 주세요.'라고 쓰여 있었다.

말라 오그라든 김정호의 몸에 이상한 한기가 돌았다.

상
실

뜻하지 않은 소식

대학 졸업 후 학교 발령을 기다리는 동안 동남아 여행을 하고 있었다.

이지연은 어머니가 사고를 당한 날 캄보디아의 광활한 밀림 지역을 달리고 있었다. 한 시간을 달리고 또 달렸지만 눈에 보이는 것은 오직 연꽃 밖에 없었다. 연꽃, 연꽃, 연꽃…. 시야가 끝나는 곳까지 펼쳐진 연꽃 밭을 나무들이 병풍처럼 에워싸고 있었고, 넓은 대지는 낮은 언덕 하나 없이 평평했다. 한 소녀가 갓 잘라낸 연꽃과 연밥대를 흔들며 서 있었다. 지연은 오토바이를 몰아주는 청년에게 잠시 세워달라고 했다.

멈춰선 오토바이로 예쁜 소녀가 다가왔다. 까만 피부에 흰 눈동자가 대비되어 그런지 소녀의 선한 눈망울을 한참 쳐다보고 있었다. 지연은 소녀가 건네는 연꽃을 받아 들고 냄새를 맡았다. 아무 냄새도 나지 않았다.

어린 연밥에서 꺼낸 열매는 맛이 부드럽고 매끈한 것이 아주 독특했다. 소녀가 파는 열매를 몇 개 더 사서 다시 오토바이에 올랐다. 턱턱을 타고 먼지 사이를 달렸다.

휴대폰이 울렸다. 지연은 별 생각 없이 전화를 받았다. 한국에서 걸려온 전화였다. 수화기 저편에서 한 남자가 지연의 이름을 묻더니 사고가 발생했다는 말을 전했다.

'무슨 사고?'라는 생각이 머릿속에 미처 떠오르기도 전에 남자는 말을 이었다.

"어머니, 윤정아 씨께서 교통사고로 돌아가셨습니다. 신원을 확인해야 하니 어서 빨리 귀국해 주십시오."

지연은 잠시 몸과 정신이 분리된 느낌이었다.

좀 전까지 들리던 시끄러운 오토바이 소리도 들리지 않았고, 오는 내내 얼굴을 뒤덮던 먼지 바람 소리도 들리지 않았다.

여전히 통화중이었다. 전화기에서는 경찰인 듯한 그 남자가 무언가를 끊임없이 설명했고, 지연은 하나도 들을 수 없었다. 그냥 멍했다. 영혼이 육체를 빠져나간 것처럼 세상이 아득히 멀게만 여겨졌다. 곧 귀국할 테니 필요한 내용은 문자 메시지로 달라고 말하고 전화를 끊었다. 아무 느낌도 들지 않았다. 슬프지도 않았다. 그리고 한참이 지났다. 연꽃이 다시 보이고 불어오는 바람이 얼굴을 때리는 것이 느껴졌다. 지연의 감각은 다시 살아났지만 맘은 얼어붙었는지 여전히 아무 생각도 들지 않았다.

한국으로 가는 비행기는 늦은 오후에 있었다. 일단 표를 예약을 하고, 남은 시간 동안 기다리기 초조해서 씨엠립의 돈레샵 호수에 수상 가옥을 보러 갔다. 넓은 호수에 집들이 조그맣게 떠 있었다. 각국에서 몰려든 수많은 관광객을 태우고 배들이 줄지어 호수를 따라 내려갔다. 한참 후 휴게소에 배를 대자 거지들이 몰려들었다. 나뭇잎 같은 작은 배에 젖먹이와 3명의 아이들을 태운 베트남 여자가 원 달러를 외치며 돈을 달라고 애원했다. 원 달러, 원 달러⋯⋯. 관광객들의 눈이 흔들리기 시작했다. 줄 수도, 주지 않을 수도 없는 묘한 상황. 돈을 재촉하는 깡마른 손과 말라비틀어진 젖을 문 채 자고 있는 아기. 지연은 눈을 돌렸다. 하지만 다른 쪽에서 두 아이를 데리고 한쪽 다리를 잃은 여자가 갈퀴 같은 손을 내밀며 원 달러를 외쳤다. 그녀는 어디에 눈을 두어야 할지 몰라 하늘을 올려 보았다. 순간 눈물이 나오기 시작했다. 사람들은 구걸하는 사람들 때문에 맘 아파 우는 줄 알고 위로했지만, 지연은 그녀가 처음으로 고아가 되었다고 느껴져서 울었다. 찢어지게 비참한 가난을 등에 지고 출렁이는 메콩 강을 떠돌며 세상의 자비를 구걸하는 엄마와 애들을 보며 이제는 자신이 고아라는 사실을 처절하게 느끼고 있었다.

지연은 비행장으로 가는 내내 울었다. 연꽃 밭을 지날 때도 울었다. 오토바이를 모는 캄보디아 청년이 겨우 익힌 영어로 너무 맘 아파하지 말라고 위로했다. 자신도 12살 때부터 고아라고. 그래도 새벽부터 일어나 열심히 산다고. 그 말을 듣자 가슴이 아파 더 울었다. 비행장에 도착했을 때 그 청년은 지연의 손을 잡고 한동안 놓아주지 않았다. 청년은 울고 있는 지연의 손을 잡아주며 따뜻하게 웃었다.

　낯선 나라, 낯선 도시, 낯선 사람.

*

　지연이 한국에 도착하니 사촌 오빠가 마중 나와 있었다. 아는 사람 얼굴을 보니 다시 눈물이 났다. 지연은 사촌 오빠와 같이 엄마의 신원을 확인하기 위해 경찰서로 갔다. 넋을 놓고 있는 그녀 대신 사촌 오빠가 필요한 서류를 다 작성하고 시체 보관소로 갔다. 지연은 발밑이 땅에 닿지 않는 듯 아득한 느낌이 들어 자꾸 헛디뎠다. 막상 시체 보관소 앞에 서자 사고를 당한 엄마 얼굴을 확인하러 갈 용기가 나지 않았다. 그런 그녀의 맘을 알았는지 사촌 오빠는 양해를 구하고 혼자 들어갔다. 좀 이따 고개를 돌려 보니 사촌 오빠가 고개를 끄덕이는 것이 보였다.

　몇 안 되는 친척과 지인들이 빈소를 다녀갔고, 정신을 차려 보니 지연은 어느새 재가 담긴 항아리를 가슴에 안고 달리는 차에 타고 있었다. 뜨거운 항아리를 한참 안고 있어서 그런지 배와 다리가 화상 입은 것처럼 화끈거렸다. 꼭 수장해 달라던 엄마의 생전 소원대로 아빠가 묻힌 과수원 사과나무 아래에 함께 묻었다. 그녀는 부모님이 묻힌 나무를 쳐다보면서 과연 이 나무에서 열리는 사과를 먹을 수 있을까라는 생각을 했다.

　지연은 장례식을 치르고 혼자 집에 와서 며칠 동안 잠만 잤다. 밤낮 없이 자다가도 사막을 걷는 것처럼 까칠하게 목이 마르면 옆에 세워두었던 생수를 벌컥벌컥 마시고 다시 잠의 나락으로 빠져들었다. 슬픔은 짙은 안개처럼 그녀의 가슴을 덮고 오랫동안 머물렀다. 살아가며 우산도 잃어버리고, 지갑도 잃어버리고, 때론 살던 곳도 떠나며, 잃어버리는 연습을 하지만 엄마를 잃어버린 현실을 견딜 수 없었다. 매번 소중한 걸 잃을 때마다 그녀는 다시 마음에 상처를 입고 아파했다.

*

한낮의 햇빛이 조용히 방 안으로 들어오고 베란다에 놓인 베고니아가 꽃을 피운 것이 보였다. 지연은 배가 고팠다. 밤의 어둠 속에, 대낮의 햇빛 속에 애끓는 슬픔과 외로움이 조금씩 녹아 들어가자 생존의 본능이 다시 고개를 들었다. 부모님은 나무 그늘 아래 잠들어 있건만 혼자 살아서 배가 고프다는 사실, 따뜻한 방에 누워 있다는 사실, 숨을 쉬고 있다는 당연한 사실 때문에 미안해서 또 눈물이 날 것 같았다. 몸을 뒤척이며 돌아누울 때 전화가 울렸다. 경찰서였다. 챙겨가지 못한 엄마의 유품을 챙겨 가라고 했다. 샤워를 하고 집 근처 편의점에서 삼각 김밥 2개를 찬 음료수와 함께 꾸역꾸역 넘기고 경찰서로 갔다. 유품은 몇 개 되지 않았다. 핸드백과 그 속에 들어 있던 몇 가지 물건들이었다. 그리고 사고 경위를 알려주는 보고서. 이미 알고 있었지만 그 보고서에 따르면 엄마는 비가 많이 오는 늦은 오후에 서울로 오는 길에 미끄러져 굴러 논두렁에 떨어져 사고를 당한 것으로 되어 있었다. 휴대폰은 사고 당시에 깨져서 켜지지 않았지만 통화 내역을 조사한 결과 운전 중에는 사용하지 않았다고 했다. 지연은 그 늦은 시간에 자신의 엄마가 도대체 어디를 가고 있었는지 궁금했다. 평소에 친구를 만나거나 모임에 나가는 걸 좋아하지 않아 대부분의 시간을 교외 주택에서 혼자 꽃밭과 텃밭 일구며 소일하던 사람이었다. 도대체 누구를 만나기 위해 비가 오는 늦은 오후에 서둘러 서울로 가다가 사고를 당했는지 의문스럽게 생각되었다. 지연은 담당자에게 특별히 부탁해서 엄마와 마지막으로 통화한 사람의 기록을 얻어 집으로 왔다. 별로 큰일을 한 것도 아닌데 뼛속부터 진이 빠지는 느낌이었다. 지연은 침대에 누워 아파트를 둘러보았다. 그녀가 서울에 있는 대학에 진학하자, 부모님께서 시집 밑천으로 떼어준다며 사주신 아파트였다. 그녀의 엄마는 다른 엄마처럼 밑반찬을 해서 보내거나 자주 올라와서 더럽게 산다고 잔소리를 하지 않았다. 20살 이상이 되면 스스로의 삶을 책임져야 한다면서 어떤 모습으로 지내든 그냥 지연의 삶을 존중하고 있는 그대로 받아들였다.

엄마가 서울 아파트에 머물렀던 유일한 시간은 아빠가 아파서 병원에 입원했을 때였다. 아빠는 심부전증으로 수술했지만 급격히 상태가 나빠져서 계속 정신을 잃었다. 아빠는 가는 숨을 몰아쉬며 지연을 안타깝게 바라보았다. 생명의 불씨가 거의 다 타서 사그라지기 직전이지만 두 모녀가 걱정되어 떠나지 못하고 있었다. 더 이상 버티는 건 지옥보다 더한 고통이었다. 지연은 아빠의 손을 힘주어 붙잡았다.

"아빠 걱정하지 마세요. 잘 살게요. 저 이제 다 컸어요. 엄마도 옆에서 잘 돌볼게요. 우리 모두 아빠가 생각하는 것보다 훨씬 강하게 잘 버틸 거예요. 잘 살 테니 걱정하지 말고 맘 놓고 떠나세요."

엄마도 옆에서 울면서 걱정하지 말라고 말했다. 아빠는 지연과 엄마가 하는 말을 듣고서야 비로소 조용히 눈을 감았다. 고통으로 찌푸려져 있던 미간이 비로소 펴지며 평화로워졌다. 지연은 세월이 지나도 아빠의 마지막 모습을 잊을 수 없었다. 가족을 위해 마지막 안간힘을 쓰며 버티던 그 모습을…….

그 이후로도 엄마는 서울에 잘 오지 않았다. 아빠와 살던 양평 집에서 혼자 살았고 가끔 지연이 내려가서 며칠 지내다 오곤 했다. 둘이서 같이 저녁을 먹고 누워 있으면 엄마는 아빠와 함께 지낸 세월을 이야기해 주곤 했다. 어느 날 지연이 아빠가 보고 싶지 않냐고 물었을 때 엄마는 아빠와 매일 함께 사는데 더 보고 싶어할 겨를이 없다고 환하게 웃으며 말했다. 지연은 그 말이 진실이라고 믿었다. 어떤 사람들은 헤어지면 회한과 원망만 남지만, 서로 간절히 원하고 아껴주며 살아온 두 사람은 죽음이 이빨을 드러내며 달려들어도 동요하지 않고 둘만의 세계에서 영원히 함께 할 수 있는 것 같았다.

*

지연은 차를 몰고 양평으로 갔다. 주인 없이 몇 주를 내버려둔 정원이었지만 사람 들고 난 티가 나지 않게 잘 자라고 있었다. 양지 바른 곳에서 졸고 있던 줄무늬 고양이가 사람 기척이 나자 빤히 쳐다보더니 어슬렁거리며 걸어갔다.

현관 비밀번호를 누르고 들어갔다. 집 안이 절간같이 깨끗하고 조용했다. 거실에는 커다란 화분 3개와 조그만 탁자와 방석 하나가 있었다. 문간 방에도 구식 컴퓨터가 앉은뱅이책상 위에 올라와 있었다. 벽장에는 이불 한 채만이 딸랑 들어 있을 뿐이었다. 큰 방을 여니 전에 있던 자개농은 이미 없었고 조그만 뒤주에 몇 가지 옷이 차곡차곡 쌓여 있었다. 일인용 침대는 매트리스도 없이 통판 한 켜에 요와 이불만 가지런히 개어져 있었다. 그동안 내려앉은 하얀 먼지가 베개 위에 얇게 쌓여 있었다. 부엌에도 그릇 몇 개에 냄비 2개, 뚝배기 하나가 전부였다. 평소에 책을 좋아하던 엄마는 어디로 이사를 가도 책을 못 버려서 끙끙대며 안고 다녔는데, 그 많은 책을 다 어떻게 했는지 책장도 없어지고 엄마가 평소에 좋아하던 책 몇 권만 침대 옆 간이 책꽂이에 꽂혀 있었다. 엄마를 닮은 집은 정갈하고 군더더기가 없었다. 마치 항상 떠날 준비를 하고 산 사람처럼 냉장고도 김치나 짠지 빼고는 남은 음식 하나 없이 텅 비어 있었다. 지연은 창문을 열고 바깥 공기를 들였다. 베개를 들고 나가 먼지를 털었다. 베개에서 희미하게 엄마 냄새와 머리 냄새가 났다. 지연은 베개를 꼭 끌어안고 엄마 침대에 누웠다. 그리움이 뽀얀 안개처럼 가슴을 둘러싸고 어느새 눈물방울들이 베개 위로 굴러 떨어졌다.

"엄마, 엄마, 엄마……." 이제는 아무리 불러도 볼 수도 만질 수도 없는 엄마의 이름을 몇 번이나 되뇌어 부르자 작은 메아리만 주인 없는 빈 방 안을 채웠다.

*

의외로 사망신고는 쉽게 끝났다.

군청 담당자가 가족 관계 증명서를 보여 주면서 확인하라고 했다. 아버지와 어머니 이름 옆에 사망이 표시되고 지연만 덜렁 남아서 이 씨 집안의 호주가 되었다.

지연은 어머니의 직계 가족에 대한 증명서도 뗄 수 있는지 물었다. 그때까지 한 번도 외가 조부모와 형제에 관한 이야기를 들은 적이 없어서 항상 어떤 사람들일까 궁금했다. 엄마는 이야기가 조금만 그 근처에 가도 서서히 말꼬리를 돌렸다. 신청한 후 좀 기다렸더니 군청 직원이 엄마 쪽 가족 관계 증명서를 떼어주었다.

분명히 할아버지와 할머니가 계셨고 두 분 모두 사망한 걸로 되어 있었다. 할아버지께서 먼저 돌아가셨고 할머니는 그 이후 3년쯤 있다가 돌아가셨다. 엄마 말대로 일찍 돌아가신 게 맞는 것 같았다. 그런데 놀랍게도 엄마한테 오빠가 있었다. 한 번도 듣지도 보지도 못한 외삼촌이 살아 있었던 것이었다.

*

이름은 윤중현.

엄마보다 한 살 더 많았다. 지금까지 엄마를 무남독녀 외동딸로 알고 있었는데……. 분명히 뭔가 이유가 있겠지만, 기분이 묘했다. 그런데 윤중현이라는 이름이 낯설지 않았다. '어디서 봤더라?' 지연은 군청에서 은행으로 가는 동안에도 계속 생각했지만, 기억이 나지 않았다.

땡볕이 따갑게 내리쬐는 가을 들녘이 황금빛으로 물들어 아름답게 빛났다. 바람도 선선하게 불고 길가에 코스모스가 하늘거리며 춤추고 있었다. 풀잎에 앉아 있는 빨간 고추잠자리를 쳐다보는데 휴대폰이 울렸다. 카드 회사였다. 그런데 휴대폰을 보는 순간 문득 어떤 생각이 떠올랐다. 지연은 서둘러서 집으로 갔다.

현관문을 열고 엄마 유품을 넣어둔 서랍을 열었다. 경찰 보고서에 있던 휴대폰 기록에서 윤중현이라는 이름을 봤던 것이었다. 엄마가 마지막으로 통화한 사람. 엄마는 윤중현, 즉 지연이 한 번도 보지 못한 외삼촌의 연락을 받고 서울로 가던 도중 사고를 당했던 것이다. 그녀는 그 휴대폰 전화번호를 눌렀다. 엄마 형제인데 엄마가 돌아간 사실을 알려야 할 것 같았고 외삼촌을 한 번은 만나보고 싶었다.

*

오래 신호가 가도 받지 않아 끊으려고 할 때 저쪽에서 여자 목소리가 들렸다.

"안녕하세요. 혹시 윤중현 씨 휴대폰 아닌지요?"

"예. 맞아요. 그런데 윤중현 씨께서 어제 돌아가셨어요. 실례지만 친척분이신가요?"

조카라고 대답하니 아는 사람이 없어서 친구분 한 명과 화장해서 바로 뼛가루를 뿌리려고 하니 빨리 오라고 했다. 지연은 정신없이 차를 몰고 일산 요양 병원으로 갔다. 스님이 염을 하고 있었다. 간경병으로 죽은 외삼촌은 너무 말라서 미라를 보는 것 같았다. 죽음이 조용히 내려앉은 누런 얼굴. 처음 보는 생소한 얼굴 속에 엄마와 닮은 얼굴을 찾아볼 수 없었다. 염을 한 후 바로 화장을 해서 외삼촌의 친구 분과 함께 인천 바다에 뿌렸다. 돌아오는 길에 외삼촌 친구와 지연은 가락국수에 김밥이라도 먹으려고 휴게소에 들렀다. 주중이라서 그런지 사람도 거의 없고 강물만 조용히 흘러가고 있었다. 지연은 외삼촌 친구에게 물었다.

"외삼촌과 언제부터 알고 지내신 거예요? 오래 되셨어요?"

*

"난 군대에서 중현이를 처음 만났다. 그때는 우리 모두 철없고 어렸지만 중현이는 뭔가 우리들하고 달랐다. 맨날 혼자 우두커니 있고 맘속에 무거운 납덩이를 안고 사는 것처럼 표정이 어둡고 말수가 없었다. 시키는 일은 죽어라 잘해서 상급자들이 귀여워해줘도 뭐라고 할까? 벽이 쳐졌다고 할까? 아무하고도 친하게 안 지냈다. 나도 속으로 그 새끼 성격 억수로 내성적이다 그래 생각하고 있었지. 그런데 무지무지하게 추운 날 우리 둘이 같이 보초를 섰다. 아무리 둥치둥치 입고 마스크를 겹으로 써도 코가 떨어져나갈 듯이 추운 날이었다. 난 추위를 잊어 볼라꼬 발을 동동 구르면서 노래를 불렀다.

낙엽이 우수수 떨어질 때
겨울의 기나긴 밤
어머니하고 둘이 앉아
옛이야기 들어라

노래를 반밖에 안 불렀는데 너그 외삼촌이 울더라. 사내 체면에 딴
에는 참느라고 꺽꺽거리는데 진짜 불쌍해서 못 봐주겠더라. 내 평생 동
안 남자가 그렇게 불쌍하게 우는 꼴을 처음 봤다. 난 괜히 노래 불렀는
가 싶어서 미안터라고.

'니 와 우노? 이 노래 들으면 나도 맘이 찡해지지만 니같이 울지는
않는다. 너그 어무이 돌아가싯나? 와 그래 우노?'

내가 물으니까, 중현이가 손으로 지 입을 막고 울더라. 그래서 난 중
현이 어무이가 돌아가신 거 알았다. 우리 집이 거창에서 더 들어가는
깡벽 시골이라 면회 오는 사람이 없었고 지도 아무도 면회 안 와서 우
리는 둘이 외박하면서 술도 마시고 그랬다. 그놈이 한 이야기를 종합해
볼 때, 지가 뭘 잘못해서 어무이가 돌아가싯다고 생각카더라. 미안해서
하나 있는 여동생한테도 연락도 못 한다카고. 제대해서는 내 따라 울산
가서 자동차 부품 공장에서 일했다. 둘 다 대학도 못 나왔고 입에 풀칠
할라믄 몸으로 때우는 일밖에 없었거든. 그런데 그놈은 뭔가에 쫓기는
것처럼 밤낮으로 일했다. 내가 암만 그래 일하다가 병 난다케도 머리에
잡생각 없애는 데는 일이 최고다카믄서 밤낮으로 일하더라. 여자 소개
해 준다 해도 뭘로 듣는지 지는 결혼 생각 없다카고. 지 같은 자식 낳으

면 좋을 것 없다고. 지는 주변 사람한테 피해만 준다고. 내한테 피해 준 것 하나도 없그만, 불쌍한 놈. 그라다가 병 얻어서 절에 들어가서 요양하고 다시 나오면 일하다가 병 얻고.

한 번은 불교에 빠져서 3년을 면벽수돈가 면벽수행인가? 암튼 그 벽 보고 아무하고 이야기도 안 하는 도 닦는다고 들어간 적도 있다. 머릿속에 생각 많은 놈이 생각이 없어지나.

손목 긋고 자살한다고 난리쳐서 내가 우리 집에 데려와서 몇 달 같이 지낸 적도 있다. 술 너무 마시가 간경병 되고 위도 상하고. 내가 병원에 가서 검사시켜 보니까 너무 오래 병원을 안 가서 이미 손 쓸 수도 없는 지경이라서 시한부라고 하더라. 뭐 저런 인생이 다 있는가 싶어서 한참 울었다. 진단 받고 6개월 살고 죽었다. 평생 외롭게 살다가 지 가슴에 있는 거 한 번 못 토해내고 죽은 놈이다. 뭔 잘못을 했는지 몰라도 니가 용서해라. 알았제?"

"제가 용서할 게 뭐가 있나요? 저는 외삼촌이 살아 계신 것도 엄마 돌아가시고 처음 알았어요. 저는 아무것도 몰라요. 그런데 참 두 분 이 상하다. 왜 그렇게 오래 힘들어 하면서 연락을 안 한 걸까요?"

"다 사정이 있었겠지. 아가씨 어무이가 돌아가시기 전에 용서해 준 것 같으니까 그거 알아서 뭐하겠노? 안 글나? 그마 다 잊고 살아라. 그런 건 알아봤자 좋을 거 하나도 없다."

삼촌 친구는 후루룩거리며 불어터진 국수를 먹었다.

*

지연은 서울 아파트를 월세로 주고 엄마 집으로 이사했다.

복잡한 서울에서 한동안 좀 멀리 떨어져서 생활하고 싶었다. 물론 경기도 쪽은 발령도 빨리 나서 내년 3월이면 바로 근무할 수 있다는 장점도 있었다. 벽지를 새로 바르고 바닥도 나무로 바꿨다. 외벽도 좀 더 젊은 느낌이 나게 노란색과 흰색으로 페인트칠을 하고 창문에 초록색으로 덧창까지 달았다. 칠이 벗겨진 울타리도 다시 흰색으로 칠하고 오지도 않는 편지를 위해 빨간 우체통까지 세웠다. 살고 싶었던 집으로 꾸미는 것이 여간 재미있는 것이 아니었다. 그리고 서울에 있던 가구를 몽땅 양평 집으로 옮겨 놓으니 전혀 딴 집처럼 변했다. 엄마의 자취가 너무 빨리 없어진 것 같아 미안하고 섭섭했지만 문명의 이기에 물든 지연은 시골에 와서도 어느 정도 호사를 누리고 싶었다. 인터넷을 들이고 전기로 켤 수 있는 벽난로까지 마련해서 겨울 준비까지 마무리했다. 정원 구석에서 진한 향내를 품고 늦가을을 지키고 있던 국화를 한 다발 꺾어 하얀 도자기 화분에 꽂았다. 현관문을 열고 들어갈 때마다 집에서 국화 냄새가 지연을 반겼다. 아침에 하얀 서리가 내리고 황금빛으로 물결치던 들판은 수확이 끝나 꽁지 잘린 장끼처럼 거무튀튀하게 변해서 차가운 바람만 윙윙거리며 뛰놀고 있었다. 지연은 빈 들판이 좋았다. 들판을 보고 있으면 바쁜 한 해를 보내고 쉬고 있는 것 같아 그녀의 맘까지 한가로워졌다.

엄마가 죽은 지도 이미 2달이 넘었다. 갑자기 알게 된 외삼촌 때문에 신경 쓰여서 어쩌면 인생에서 가장 힘든 시기를 쉽사리 넘겼는지도 몰랐다. 엄마와 외가 식구들 일이 궁금했지만 지연이 알고 싶다고 알아지는 것이 아니라 그 부분도 이미 관심의 저편에 있었다. 간간히 엄마 친구들에게 연락이 왔다. 모두 엄마 소식을 듣고 슬퍼하며 전화를 끊었고 지연은 소식을 전할 때마다 엄마가 세상에 없다는 사실을 매번 인식하고 다시 가슴앓이를 해야 했다. 그런데 은행에서 전화가 왔다. 만기된 엄마의 정기 예금을 찾아가라고……. 지연은 그때야 엄마 통장과 다른 것을 처리하지 않고 두었다는 사실이 떠올랐다. 동네 은행으로 갔다. 꽤 돈이 많아서 다시 정기 예금으로 몽땅 돌리고 세무서에 들러서 엄마가 남겨준 집과 상가도 명의를 바꾸었다. 자식이 없던 외삼촌의 돈과 보험금까지 물려받아서 지연은 젊은 나이에 사치스럽게 살지 않으면 평생먹고 살기에 아무런 걱정이 없는 알부자가 되었다. 하지만 이 모든 것이함께 할 사람들을 잃어서 얻게 된 것이라 전혀 기쁘지 않았고, 어느 것하나 쉽게 팔거나 헛되게 쓸 수 없어 꽁꽁 다시 묶어두고 있었다.

*

지연은 일찍 눈을 떴다. 유난히 푸른 안개가 자욱하게 낀 새벽이었다.

창 밖에 까치가 앉아서 크게 울다가 날아가니, 집 주변이 다시 고요한 정적으로 덮였다. 지연은 커피빈을 갈고 프레스에 넣어 커피를 만들었다. 진한 커피 내음이 온몸을 감쌌다.

복잡한 상속과 세금 문제, 돈 문제를 다 해결하고 나니 마음이 조금은 홀가분해진 듯했다.

아침부터 문자메시지가 왔다. 혼자 지내기 적적하지 않냐고 시간되면 그날 오겠다는 친구 영선이의 메시지였다. 영선이는 아침 10시경에 도착했다. 조금이라도 더 같이 있고 싶어서 남편 출근 시키고 바로 달려왔다면서, 집이 너무 예뻐서 맘에 든다고 자기도 이런 집에서 살고 싶다고 감탄했다. 영선은 까만 티를 입고 있었는데 열쇠를 목걸이로 걸고 있었다. 무슨 열쇠인데 목에다 걸고 있냐는 지연이의 말에 영선이는 깔깔 웃어댔다.

"너 이거 몰라? 요즘 한창 유행하는 티파니 열쇠 목걸이잖아. 열쇠는 뭔가 비밀의 문이나 보물 상자 같은 걸 여는 그런 느낌이 있잖아. 남편이 결혼 1주년 기념으로 사줬어. 괜찮지?"

영선이의 목걸이를 들여다보다 문득, 엄마의 옷장에서 발견한 열쇠가 생각났다. 서랍 바닥에 깔려 있던 열쇠. 그동안 바빠서 까맣게 잊고 있었던 것이다. 지연은 서랍을 뒤져서 엄마 열쇠를 꺼냈다. 자세히 살펴보니 열쇠 뒤에는 조그맣게 글자가 새겨져 있었다.

은행 이름이었다. 그 은행에 전화해서 엄마 이름과 주민등록번호를 대고 물어보았다. 서울 지점에 금고가 있으니 와서 살펴보라는 말만 전했다.

엄마한테 은행 금고가 있다는 게 신기했다.

서류를 접수하자 은행원이 지연을 뒤쪽으로 안내했다. 지연은 조그만 화면에 통장 번호를 찍었다. 그리고 혹시 비밀번호를 아냐고 해서 이전에 엄마가 알려준 비밀번호가 맞을까 싶어 말했더니 의외로 맞아

떨어졌다. 그리고 문을 통과하니 그 뒤에 조그만 금고가 있었다. 열쇠를 넣어서 돌리니 금고 문이 쇳소리를 내며 열렸다. 결혼 때 받은 금반지, 진주 목걸이와 다른 목걸이 몇 개가 있었고 조그만 주머니에 네모 단추처럼 생긴 금이 10개씩 든 것이 4개가 있었다. 지연은 엄마가 금을 사서 모을 그런 유형의 사람이 아니라고 생각했는데 평소와 완전히 다른 면을 보는 것 같아 생소했다. 살아 계실 때 그녀에게 비친 엄마의 모습은 이런 모습이 아니었다. 그냥 아무 욕심 없이 단순하게 살고 아빠와 사이가 좋고 딸 말을 잘 들어주는 2차원적 엄마였다면, 돌아가신 후 지연이 엿보는 엄마는 뭔가 커다란 멍에를 가슴에 안고 많은 일을 겪고 살아간 입체적인 사람으로 보이기 시작했다. '지연이 엄마'가 아닌 '한 사람의 윤정아'로 보이기 시작했다. 금고에는 보석류 이외에 사진 한 장과 엄마의 일기장이 있었다. 사진은 엄마와 아빠가 젊을 때 산기슭에서 환히 웃고 있는 모습을 담고 있었다. 두 분 모두 행복해 보였다. 그리고 지연은 엄마가 쓴 일기장을 보는 순간 심장이 미묘하게 떨려왔다. 금고에 있는 걸 얼른 가방에 담아서 빨리 차를 몰고 집으로 갔다. 며칠 뒤면 속도 위반으로 딱지가 몇 장 날라올지도 모르지만, 지연은 다리가 떨려서 어떻게든 집으로 빨리 오고 싶었다. 집에 도착하자마자 옷을 훌훌 벗어 던지고 서울의 먼지와 함께, 온몸을 이물질처럼 덮고 있던 끈끈한 땀을 깨끗하게 씻었다. 그제야 정신이 들었다. 석양이 서쪽 하늘을 붉게 물들이고 있었고 하늘에 부드럽게 깔려 있던 새털 구름까지 노을이 비쳐 한 마리 홍학이 날아가는 느낌이 들었다. 지연은 창문을 열어 둔 채 거실 소파에 앉아 엄마의 일기장을 들여다보았다. 부모님의 과거가 무덤에서 뚜벅뚜벅 걸어와서 그녀 눈앞에 선 듯한 느낌이랄까. 지연은 한시도 눈을 떼지 못하고 다음 날 동이 틀 때까지 엄마가 쓴 일 기장을 읽고 또 읽었다.

*

김정호는 시간이 많이 지나도 윤정아의 일기장에 손을 대지 못했다. 너무나 순해서 쉽게 접근해서 데리고 놀다가 완전히 잊었던 여자. 그 여자가 다시 자신의 삶에 나타났다는 사실이 이상하게 가슴을 무겁게 만들었다. 살면서 자신의 이익을 위해서라면 수많은 사람을 희생시켰 지만 한 번도 일말의 가책도, 어떤 주저함도 느끼지 않았던 김정호. 홀 연히 죽어서 그의 앞에 나타난 윤정아. 알고 싶지 않은 진실을 담은 그 녀의 일기장. 그걸 읽는 것이 너무 부담스러워 며칠을 미루다가 결국 김정호는 윤정아의 일기장을 읽기 시작했다.

일
기
장

윤정아의 일기장

　나는 어릴 때 내가 살던 집을 싫어했다. 그건 집이 아닌 유리 상자였다. 언제 깨어질지 모르는 유리 상자. 온 집안은 먼지 하나 없이 깨끗하고 윤이 나야 했으며 물건은 언제나 아버지가 지정한 그 장소에 있어야 했다. 하얀 벽지는 하얗다 못해 눈이 부셨고, 바닥은 미끄러져 머리가 깨질 만큼 윤이 났다. 어머니가 집을 깨끗하게 하기 위해 얼마나 힘들어 하는지 알았기에 난 어릴 때부터 한 번도 집에 친구들을 데려와서 논 적이 없었다. 고등학교 선생님이던 내 아버지는 학생들한테 지시를 내리고 시키듯이 가족들을 부려 먹었다. 집에 돌아오면 현관에 들어서자마자 입고 있던 옷을 뱀 허물 벗듯이 아무 곳에나 벗어두면 어머니는 청소 로봇처럼 따라 다니며 치웠고, 세탁해서 빠작빠작한 새 옷을 가져다 바쳤다. 우리 집에서 아버지가 하는 모든 일은 당연한 거고 엄마가 하는 모든 일은 멍청한 거였다. 한 번은 어머니가 제철 과일이라고 수박을 내놓았는데 씨 뱉기 귀찮다면서 아버지는 소파에 비스듬히 앉아 거실 바닥에 퉤퉤거리며 씨를 뱉었다. 나와 오빠는 그게 정말 재미있게 보여서 얼른 거실로 달려가 아버지하고 누가 씨를 멀리 뱉나 내기했다. 우리는 평소에 하지 못하는 걸 해서 정신없이 신났다. 아버지는 수박을 다 먹고 방으로 자러 들어갔고 우리도 방으로 가려고 했다. 그런데 어머니가 빗자루와 쓰레받기를 들고 오며 울었다. 바닥을 기어 다니며 씨를 쓸고 이리저리 가구 밑에 끼인 씨들을 젓가락으로 후벼 파며 청소했다. 난 공범의식을 느꼈지만 그런 어머니를 외면하고 방에 들어가 버렸다. 수많은 일 중에 지금 이 일이 생생하게 기억나는 걸 보면 아마도 그 일이 아주 많이 미안했던 것 같다. 그리고 같은 여자로서 수치심도 느꼈고……

오빠는 어릴 때부터 변기에 앉아서 볼일을 봤다. 아버지는 자신이 볼일을 볼 때는 아무렇게나 해서 어머니가 매일 화장실을 치워야 했지만 오빠가 한 번이라도 실수하는 날에는 변기가 부서지게 뚜껑을 내리치며 난리를 쳤기 때문에 계집애 같아도 오빠는 앉아서 오줌을 눠야했다. 본인은 이렇게 자기 맘대로 버릴 것 버리고 집안을 더럽히지만 오빠나 내가 거실에서 숙제를 하다가 지우개 똥이라도 하나 흘리면 그날은 엄마의 제삿날이었다. 자식 교육 잘못시키는 여자라고 소리지르며 엄마의 등판을 주먹으로 내려쳤다. '퉁퉁!! 컹컹!' 갈비뼈가 울리는 소리와 신음하는 소리가 내 방까지 들렸다. 난 무서워서 책상 아래에 숨기 바빴다.

항상 거실 소파에 쪼그리고 자는 엄마는 밤새 끙끙대며 앓았다. 부어오른 등을 바닥에 댈 수 없어 며칠씩 옆으로 쭈그리거나 엎드려서 자야 했다. 엄마 고향은 온천이 나는 동네라서 목욕을 좋아했지만 멍 투성이인 몸을 다른 사람한테 보일 수 없었기 때문에 우리는 공중 목욕탕에 같이 가본 적이 없었다.

매일 오후 3시에 모든 저녁 식사 준비가 끝나야 했고, 우리는 깨끗하게 씻고 각자 방에서 공부하는 척해야 했다. 조용한 동네에 개 짖는 소리가 들리면 혹시라도 아버지가 오나 싶어서 간이 옴질거렸다. 드디어 우리 집 대문에서 '띵동'하는 소리가 울리면 난 긴장해서 마른 침을 삼키고 얼른 현관으로 뛰어가 아버지를 맞았다.

아버지는 매일 어머니가 적은 가계부를 확인했다. 아무리 작은 푼돈이라도 가지런히 적고 영수증까지 꼬박꼬박 붙여서 보기 좋게 정리해 아버지가 밥을 먹을 때 같이 식탁에 올려야 했다. 돈을 한 푼이라도 맘에 안 들게 썼다 싶으면 손에 집히는 대로 그릇을 던져 깼다.

엄마의 눈은 쉴 새 없이 움직였다. 마치 무리에서 떨어져 혼자 걸으며 주변을 살피는 어린양처럼 흰자위가 희번덕거렸다. 길을 걷다가 뭐가 떨어져도, 식당에서 밥 먹다가 종업원이 실수해서 그릇을 깨도 손을 덜덜 떨면서 밥을 제대로 못 먹었다. 작은 몸은 날이 갈수록 야위어 갔다. 난 그런 어머니가 불쌍하고 미웠다. 도대체 왜 이걸 참으면서 사는지 이해가 안 갔다. 하루는 등에 파스를 붙여달라고 해서 옷을 올렸더니 푸르죽죽하게 멍이 든 살 위로 새로 맞은 부분이 벌겋게 부어올라 있었다. 갈비뼈에 금이 갔는지 한 곳은 살짝 건드렸는데도 거의 천장까지 뛰어오를 정도로 아파하며 소리를 질렀다.

"아, 정말 짜증나. 엄마, 이게 뭐야. 도대체 왜 병원 안 가? 왜 이렇게 살아. 이혼해 제발! 나 엄마가 이렇게 사는 것 못 보겠어. 우리 이혼하든지 도망가서 살자? 응? 제발."

"그럼 너와 오빠가 이혼한 부모 밑에서 사는 거잖냐. 난 그렇게 못한다. 나 하나 참으면 다 되는데 덜컥 이혼해봐라. 할아버지, 할머니도 슬퍼할 거고. 특히 할머니는 내 사전에 '이혼'은 없다고 노래를 부르잖냐. 저번에 친구 딸이 헤어졌다고 전화하면서 할머니는 당신 자식이 그런 일 당하면 먼저 목숨을 끊을 거라고 나한테 으름장을 놓더라. 이모하고 외삼촌도 창피할 거고. 너희도 나중에 결혼할 때 문제가 생겨."

"그래도 맨날 이렇게 맞고 사는 거는 잘못된 거야. 아버지한테 혼자 좀 지내라고 하고 우리 어디 가 있으면 안 되나? 한달만 혼자 살아도 아버지가 불편하게 느끼고 반성할 거야."

"할머니께서 그러셨다. 여자는 집을 나가는 게 아니라고. 집 나가는 날은 다시는 돌아오지 않을 각오를 하고 나오라고. 솔직히 난 혼자 나가서 살 자신이 없다. 알다시피 17년을 집에서 산 여자가 뭘 해서 자식들을 먹여 살리겠냐. 궁하면 파출부라도 하겠지만 그걸로 공부시키고 그러기 힘들다. 난들 이렇게 살고 싶겠냐? 참는 수밖에 없어."

"싫어, 싫다고! 요즘 이렇게 사는 사람이 어디 있어. 가난하면 어때? 내 친구 부모님도 이혼했어. 양육비도 준다고 하더라. 요즘 이혼하는 게 대수야? 도대체 엄마는 왜 이렇게 살아. 지금이 조선 시대야? 짜증나."

"할머니는 자식이 고만고만하다고 남한테 말하는 재미로 산다. 계에 나가서 자랑하는 게 늙은 할머니 유일한 낙인데 내가 그걸 어떻게 없애 겠냐? 내가 덜컥 이혼하거나 친정에 자식 데리고 가 있으면 동네 사람 들 눈치 보느라 제 명에 못 돌아가실 거다."

엄마는 눈물을 흘렸다. 난 도대체 엄마의 행복은 누가 챙기냐고 물어 보고 싶었지만 그만뒀다. 엄마가 불쌍하면서도 속으로는 무식하고 비겁 한 여자라고 비웃었다. 엄마의 등은 점점 더 새우처럼 굽고 야위어갔다.

오빠가 초등학교 5학년 때 일이었다. 오빠는 학교에 불우 이웃 돕기 성금을 가져가야 했다. 엄마는 3천원을 가계부에 적고 오빠에게 돈을 줬다. 그러자 오빠는 돈을 더 달라고 졸랐다. 엄마가 그것 이상은 안 된 다고 하자 오빠가 갑자기 주먹을 쥐었다.

"엄마, 도저히 안 되겠네. 나한테 한 번 맞아야 정신을 차릴 거야? 내 가 달라고 하면 주면 되지 도대체 왜 안 줘? 하긴 엄마는 아무것도 혼 자 못 하지? 아버지가 시키는 대로만 하잖아. 엄마하고 이럴 필요 없이 내가 아버지한테 받아낼게. 아, 정말 짜증나. 뭐 이런 인간이 다 있어." 오빠는 발로 마루를 쾅쾅 굴렀다.

난 아버지가 하는 행동을 그대로 흉내내는 오빠를 보는 것이 아버지 가 엄마를 때리는 것보다 더 섬뜩하고 무서웠다. 오빠가 엄마를 무시하 는 것이 윤 씨 집안 피에 섞여 있는 건지, 아님 아버지가 엄마를 무시하 고 때리니 그 행동을 보고 배우는 건지 판단이 안 섰다. 엄마는 오빠를 때리면서 어디서 그딴 식으로 말을 하냐며 야단을 쳤고 한 대 더 때리려고 하자 오빠는 엄마의 손목을 재빨리 잡으면서 다시는 그러지 말라고 하고는 자기 방으로 들어갔다. 엄마는 그 자리에 앉아서 소리 없이 울었다. 난 속에서 분노가 끓어올랐다. 이건 사는 게 아니라는 생각이 들었다. 아버지를 경찰에 신고하고 싶었다. 고등학교에서 쫓겨나서 우리가 다 굶게 되는 한이 있어도 이런 짓은 그만두어야 할 것 같았다. 난 내 가족과 친척을 모두 미워했다. 동네 아줌마들하고 몰려 다니면서 서로 자랑하느라 바빠서 자기 딸이 맞고 사는 건 아랑곳없는 허영덩이 할머니가 제일 미웠다. 딸의 행복보다도 다른 사람한테 비치는 자신의 체면이 더 중요한 할머니가 정말 치가 떨리게 싫었다. 여자가 얼마나 우둔하면 남편이 그렇게 때리겠냐고 말하는 친가 쪽 사람들은 오래 전부터 아예 친척으로 생각하지 않았다. 학교에서 행복한 듯 가족 휴가를 떠나는 애들을 심사가 뒤틀린 눈으로 쳐다보면서 미워하고 부러워했다. 물론 우리도 가족 나들이를 했다. 연례 행사였지만 영화도 보러 가고 해변가에 가서 하루 자고 오기도 했다. 그러나 그건 놀러가는 것이 아니고 언제 폭발할지 모르는 폭탄을 안고 걸어가는 것이었다. 우리는 아버지가 보고 싶은 영화를 봤고, 아버지가 먹고 싶은 걸 먹고, 아버지가 가고 싶은 곳을 따라 갔다. 밖에서 엄마는 어떤 때도 지갑을 꺼내서 뭘 사지 못했다. 아버지는 다른 사람을 보면 부드럽게 웃으면서 친절하게 굴었다. 난 그런 아버지의 이중성이 무서웠고 옷깃만 스쳐도 몸이 섬뜩했다.

그러나 이런 날들이 몇 년씩 계속되자 나도 점점 폭력에 무디어져갔다. 웬만큼 심하게 부수거나 때리지 않으면 방 안에서 나와보지도 않았다. 맞는 소리가 듣기 싫어서 어떤 때는 라디오를 크게 틀어놓고 귀를 막고 있기도 했다. 난 집에서 한 마디도 안 할 때가 많았고 학교에서도 말 수가 없이 어두웠다. 엄마가 맞고 나서 앓거나 서러워 울어도 얼굴색도 안 변했다. 이런 우리를 보고 엄마는 가끔 혼잣말을 해댔다.

"자식 키워도 아무 소용 없다더니. 우찌 저리도 냉정할까? 꼭 지 아비 닮아서 냉혈한들이야. 내가 남편 복이 없더니 자식 복도 없구나."엄마가 혼잣말을 늘어놓으면 그 말이 채 끝나기도 전에 우리는 방문을 닫고 각자 방으로 들어갔다. 맞으면 달래주는 것도 한두 번이지 더 이상 지켜보는 것이 지긋지긋하게 싫었고 자업자득이다 싶었다.

그날은 유난히 더웠다. 난 그때 중 2였다. 구름이 낮게 깔리고 심지어는 안개가 낀 것처럼 부옇게 창 밖이 흐렸다. 습기가 차 올라서 장판도 질척거렸고 온몸이 땀으로 범벅이 되었다. 난 하루에 3번씩 찬물로 목욕을 하고 책상 아래에 찬물을 떠서 발을 담그고 공부했다. 그날따라 몸이 안 좋다고 아버지는 일찍 집에 왔다. 엄마는 평소보다 일찍 온 아버지의 저녁을 준비한다고 정신이 없었다. 나도 바쁜 엄마를 도와 부엌에서 양파를 까고 있었다. 건강식을 찾는 아버지를 위해 엄마는 그 더운 여름날 펄펄 끓는 물에 곰취 말린 것을 데쳐서 불리고 고사리 나물을 볶느라 땀을 뻘뻘 흘리고 있는데, 소파에 누워서 텔레비전을 보던 아버지가 갑자기 엄마를 불렀다. 엄마는 나물을 체에 받치고 찬물을 끼얹느라 2~3분 늦게 아버지한테 갔다. 그 순간 아버지는 몸이 아픈 것도 잊었는지 엄마 머리채를 잡고 그대로 땅에다 찧었다.

"이 미친년아. 내가 부르면 당장 뛰어와야지. 어디서 꾸물거려? 너 죽고 싶어?"

엄마의 머리를 땅에 몇 번 연속으로 박았다. 엄마는 울면서 잘못했다고 했다.

"이년아, 넌 얼마를 맞아야 제대로 살래? 내가 지지리도 복이 없어서 너 같은 년을 데리고 살지. 도대체 너 잘하는 게 뭐냐? 뭐냐고?"

아버지는 소리를 지르며 등을 때리기 시작했다. 몇 대 때려도 성에 차지 않은지 현관 옆에 세워진 우산을 집어 들었다. 엄마는 겁에 질린 목소리로 울면서 잘못했다고 했다. 아버지는 잔인하게 웃으며 더 큰 소리로 울어보라고 말하면서 우산으로 소파를 내리쳤고, 소파가 움푹 파이며 속을 드러내고 찢어졌다. 엄마가 죽을 까봐 두려워서 내 심장도 쪼개질 것 같았다. 아버지는 우산을 다시 똑바로 거머쥐고 뒤로 피하는 엄마한테 달려갔다. 그 순간 부엌에서 쭈그리고 앉아 있던 나도 프라이팬을 들고 달려갔다. 아버지가 엄마를 우산으로 때릴 때 나도 프라이팬으로 아버지를 때렸다. 난 나도 모르게 소리를 질렀다.

"그만 때리라고. 그만. 제발 그만 좀 때리라고. 그러다가 엄마 죽으면 어떻게 해!!!"

내가 휘두른 프라이팬에 머리를 맞은 아버지는 그 자리에서 그대로 쓰러졌다. 쓰러진 채 아버지는 오른쪽 다리 한 쪽을 덜덜 떨었다. 눈은 뒤집어져 흰자위만 보였고 입에는 거품을 물었다. 엄마는 놀라서 소리도 지르지 못했다. 난 이제 아버지가 더 이상 엄마를 때릴 수 없다고 생각하면서 그 자리에 쓰러졌다.

내가 침대에서 깨어나자 경찰들이 와 있었고 집 밖에는 동네 사람들이 몰려들어 있었다. 아버지가 움직이지 않자 엄마가 병원에 연락해서 도움을 청했고, 의사들은 아버지가 이미 사망했음을 알려주었다. 상황을 파악하기 위해 경찰들이 집으로 찾아와서 이것저것 캐물었다. 그때까지 수치심 때문에 누구한테도 알리지 못했던 아버지의 폭력과 우리 가족의 고통이 온 천하에 알려져 떠들썩 거리기 시작했다. 난 아버지를 죽인 패륜아가 되었으며 중과죄로 일반 법원에서 재판을 받게 되었다. 물론 학교도 가지 못했고, 보호 감찰을 받으며 집안에서 한발도 나가지 못한 채 갇혀 있었다. 소문이 퍼지자 친척들은 모두 우리 세명을 외면했다. 외가는 집안 망신이라고 외면했고, 친가는 당신들의 귀한 아들을 죽이고 가정 폭력범으로 오명까지 뒤집어 씌운 나와 엄마를 악마로 취급했다. 체면과 이기심이 피보다 훨씬 더 강했다.

우리를 위한 도움은 전혀 예상하지 못한 곳에서 왔다. 내가 엄마를 보호하기 위해 정당방위로 한 행동이니 별 문제 없겠지만 혹시라도 잘못되어 처벌 받을까 걱정한다는 소문을 듣고 내가 살고 있던 동네 아줌마들이 도움을 주려고 나섰다. 옆집 아줌마들이 나를 무죄로 풀어주라는 성명서를 만들어서 동네 주민들과 상가 사람들은 물론, 다른 동네에 가서도 서명을 받아 왔다. 내 이야기를 들은 많은 사람들이 엄마가 죽을까 봐 내가 아버지를 멈추게 하기 위해 한 일을 가지고 조금이라도 피해를 입으면 안 된다며 성명서에 서명을 했다. 3천 명한테 받은 서명은 재판관의 맘을 움직였고 변호사는 피멍이 든 엄마의 등과 배를 찍어서 증거 자료로 보여줬다. 난 무사히 풀려났고 우리는 재산을 모두 처분한 후 아주 멀리 떨어진 곳으로 이사했다. 우리는 아무도 모르는 곳에서 과거를 완전히 끊어버리고 새로 시작하고 싶었다. 우리는 약속이나 한 것처럼 아버지 이야기를 입 밖에도 내지 않았다. 엄마는 동네 아줌마가 소개한 식당에서 종업원으로 일했다. 아버지가 남겨준 상가에서 들어오는 돈으로는 생활비가 충분하지 않아 엄마는 시급을 조금이라도 더 받기 위해 아침부터 저녁까지 뼈가 빠지게 일했다. 오빠와 나는 점점 더 말이 없어졌다. 우리는 새 동네에서 친구를 만들지 않았다. 누구와 친하게 되면 자신의 이야기를 해야 하는데 우리는 누구한테도 속내를 비치고 싶지 않았기 때문이었다.

오빠는 고등학교에 다니면서 변하기 시작했다. 한동안 친구를 못 사귀고 혼자 지내더니 이상한 친구들과 어울려 다니고 담배를 피우고 술을 마시기 시작했다. 사소한 것도 참지 못하고 대들면서 불같이 화를 냈다. 어쩌다 시비가 생기면 이가 나가고 갈비뼈가 부러질 때까지 싸우고 정학을 당했다. 그냥 몇 대 때리고 말면 될 텐데 상대방 형체가 허물어질 때까지 정신 없이 때려서 주변에서 말릴 수가 없었다고 했다. 없는 형편에 그때까지 물어준 치료비만 해도 삼천만 원을 넘어섰다. 그리고 학교를 3번이나 옮긴 후에 겨우 고등학교를 졸업했다. 엄마는 먹고 살기에 바쁜데 하루가 멀다 하고 학교를 찾아가서 죄송하다고 머리를 조아려야 했다. 이미 자신의 잔소리가 아무 소용이 없다는 걸 알면서도 엄마가 할 수 있는 유일한 것은 잔소리밖에 없었다. 대학에 떨어진 오빠는 재수를 시작했지만 공부는 하지 않고 맨날 집에서 뒹굴거나 당구장에서 술 마시고 놀고 걸핏하면 싸움에 휘말렸다. 엄마는 집에 돌아오면 방바닥에서 만화책 보고 있는 오빠를 보면서 혀를 찼다. 둘은 사사건건 다퉜다. 엄마는 아버지한테는 꼼짝 못했지만 아들한테는 좀 달랐다. 어떻게든 자식을 잘 키워보겠다는 모정이 넘쳐서 그런지 오빠가 뭐라고 하면 또박또박 잔소리를 했다. 둘은 말 한 마디를 그냥 못 넘어가고 서로 으르렁거렸고, 엄마는 공부도 안 하고 머리를 염색하고 놀고 있는 오빠를 바로 잡고 싶었는지 했던 말을 또 하고 또 했다. 옆에서 보는 내가 잔소리와 다툼에 지쳐 집구석이 지긋지긋해지려고 했다. 그러던 어느 날 엄마는 참다가 견디지 못하고 놀고 있는 오빠 방에 들어가서 등을 때리면서 공부하라고 말하며 울었다. 그런데도 꼼짝 안하고 돌아 누워 있는 오빠를 보던 엄마는 책상 위에 놓여있던 스탠드를 들고 책상에 내리쳤다. 형광등이 빠직하면서 부서지고 파편이 이리저리 튀었다. 그러자 오빠는 벌떡 일어났다. 스탠드를 빼앗아 책상으로 있는 힘껏 내려치기 시작했다. 책상 모퉁이는 이미 찢겨져서 부서져 내렸고 스탠드는 너덜너덜 걸레가 되었다. 엄마는 기가 막히고 무서워서 바라만 보고 있었다. 그러더니 오빠는 스탠드를 바닥에 던져 버리고 엄마를 때리기 시작했다. 주먹으로 엄마의 배를 때리자 엄마는 아무런 비명도 지르지 못하고 그 자리에서 꺼꾸러졌다. 난 무서워서 덜덜 떨며 거실로 나갔다. 오빠는 쓰러진 엄마의 등을 차고 마구 때렸다.

"오빠 그만 둬. 뭐 하는 짓이야? 엄마가 불쌍하지도 않아? 도대체 왜 이래?"

날 쳐다보는 오빠의 눈은 이미 정상이 아니었다.

"왜? 나도 프라이팬으로 쳐서 죽여보시지? 너 그거 잘하잖아. 사람 좀 때렸다고 넌 죽여 버리잖아. 또 해 봐. 또 해 보라고."

오빠는 자기 머리를 나한테 디밀었다. 난 그 자리에 얼어붙어 아무 말을 못했다.

"못 때리지? 병신 같은 년. 난 너 하나도 안 무섭다. 너도 맞아 볼래? 이리로 와! 오라고!"

오빠는 소리를 지르며 나한테 덤볐다. 난 오빠를 있는 힘껏 밀고 방에 들어가 문을 잠갔다. 오빠는 달려와서 문을 부술 것처럼 주먹으로 치더니, 다시 쓰러져 있는 엄마한테 가서 몇 번 더 때렸다. 난 오빠를 말려야 할 것 같지만 정신을 잃은 오빠를 말리는 건 내 죽음을 자초하는 것 같았다. 오빠는 엄마 방에 있는 지갑에서 돈을 빼내 집을 나갔다. 현관문이 쾅하고 닫히고 방 밖이 조용해졌다. 난 문을 살며시 열고 엄마한테 다가갔다. 전혀 움직이지 않았다. 난 엄마가 죽은 것 같아서 울기 시작했다. 내 울음소리가 조용한 집안에 울려 퍼지자 엄마는 손가락을 까딱거리며 괜찮다는 듯 신호를 주었다. 난 엄마가 살아 있어서 다행이다 싶어서 다시 울었다. 엄마는 배가 아파서 허리를 펴지 못하고 무릎을 가슴에 붙인 채 누워있었다. 난 얼른 수건에 찬물을 적셔서 엄마의 등에 대었다. 엄마는 꼼짝도 못하고 누워 눈물만 하염없이 흘렸다. 시간이 좀 지나 엄마를 부축해 침대로 옮겼다. 병원에 가야 되지 않냐고 물었지만 엄마는 괜찮다고 했다. 지금 생각해 보면 엄마는 아들을 보호하느라고 병원에 가지 않은 것 같았다. 누가 봐도 맞아서 아픈 건 뻔한데 아들이 엄마를 때렸다고 하면 혹시라도 아들의 미래에 금이

집을 찾아서

123

갈까 봐 아무한테도 말하지 않고 혼자 앓았다. 너무 순식간에 벌어진 일이라 아무런 생각도 들지 않았다. 난 아버지가 살아 돌아온 느낌이 들었다. 도망가고 싶었다. 난 이 모든 상황이 무서웠다. 아무리 엄마를 보호한다고 해도 또다시 누구를 때려서 죽게 만들고 싶지 않았다. 그동안 내가 얼마나 죄책감에 시달려 왔는지는 나 이외에는 아무도 모른다. 얼마나 후회하고 또 후회했는지…….. 엄마는 속이 터졌는지 피를 토했다. 엄마는 한사코 병원에도 안 간다고, 아무한테도 말하지 말라고 당부했다. 난 오빠가 미웠다. 다시는 집에 들어오지 않았으면 하고 바랬다. 그러나 오빠는 가지고 나간 돈을 다 쓰자 삼일 뒤에 다시 기어들어 왔다. 엄마한테 돈을 더 내어놓으라고 난리를 쳤다. 엄마는 회복도 못한 몸으로 제발 그러지 말라고 애원했다. 제발 정신 차리라고 눈물을 지으며 아들에게 부탁했다. 그런 엄마를 오빠는 다시 때렸다. 이번에는 얼굴을 때려서 엄마의 이빨이 나갔다. 그리고 엄마가 입에서 피를 흘리며 쓰러지자 오빠는 다시 발뒤꿈치로 엄마의 등을 내리 찍었다. 엄마는 억 소리도 못한 채 쓰러져 맞고 있었다. 난 그만 두라고 소리 질렀다. 오빠가 나도 잡으려고 뛰어 왔다. 어떻게 해야 몰라서 그냥 현관문을 열고 집을 뛰쳐나갔다. 난 다시 주방으로 가서 프라이팬을 들고 오빠 머리를 치고 싶지 않았다. 그래서 도망쳤다. 거리를 방황하며 저주 받은 나의 집안 사람들을 원망했다. 주머니에 든 돈으로 영화 한 편 보고 만화방에서 시간을 죽이다가 저녁에 집으로 돌아왔다. 집 밖에서 몇 번이나 발길을 돌려서 다른 곳에 가고 싶었는지 모른다. 그렇지만 지하철이나 공원에서 자는 것은 더 싫었다. 멀리서 쳐다보니 집에 불도 켜지지 않고 깜깜했다. 대문을 열고 들어가 혹시나 싶어 현관문에 귀를 대고 안에서 나는 소리를 들었지만 아무 소리도 나지 않고 조용했다. 문을 가만히 열고 들어가서 거실 불을 켜자, 집안은 엉망이었고 엄마가 피를 토한 자리는 꺼멓게 말라서 비틀어져 있었다. 난 갑자기 집안의 적막이 무서웠다. 기어가는 목소리로 '엄마'라고 불러 보았다. 텅 빈 집에 내 목소리만 들리고 답이 없었다.

엄마는 부엌에도 없고 베란다에도 없었다.

난 다시 '엄마'라고 부르며 큰방 문을 열었다.

비거억…

방이 어두워서 불을 켰다.

달칵… 깜박깜박…지지익…

몇 초 후에 형광등이 켜졌다.

난 눈이 부셔서 잠시 눈을 감았다.

다시 눈을 떴을 때 형광등 불빛 아래 검은 티셔츠와 바지를 입은 채 공중에 매달려 있는 엄마가 보였다. 반쯤 열린 하얀 장롱 문에 대롱대롱 매달려 자색으로 변해 원래 형태를 알아 보기 힘든 엄마의 얼굴.

내 엄마지만 무서웠다. 악몽처럼 끔찍했다. 다리가 움직이지 않았다. 아무리 움직이려고 해도 다리가 천근만근 무거워 걸을 수가 없었다. 겨우 기어 나가 대문을 열고 도와달라고 소리쳤다. 아무도 오지 않았다. 난 다시 기어들어가 경찰서에 전화를 했다. 급히 달려온 경찰들이 줄을 자르고 엄마의 시체를 내렸다. 그리고 경찰은 엄마의 유서를 화장대

위에서 찾았다.

'집에 들어올 때 복면을 쓴 도둑놈이 따라 들어와서 때리면서 돈을 달라고 해서 집에 있던 돈을 몇십만 원 주었다. 난 아프고 힘들어서 더 이상 살아갈 기력이 없어서 죽음을 택하려고 한다. 부모 없이 혼자 살아갈 자식들에게 미안할 뿐이다. 부디 내 자식들이 어리석게 살다간 엄마를 용서하기 바라며……'

경찰들은 오빠와 내가 어디 있었는지 물었다. 오빠는 가출해서 며칠째 돌아오지 않는다고 말했고, 난 가지고 있던 영화표를 보여주고 만화방에 있었다고 말했다. 만화방 점원을 불러서 내가 있었는지 확인했다. 엄마는 검시 결과 복부 내장이 파열되었으며 직접적인 사인은 목졸림에 의한 자살로 판명이 났다. 경찰이 동네 사람들한테 물어봐도 도둑을 목격했다는 사람은 없었다. 세상의 많은 좀도둑을 찾지 않는 것처럼 경찰들도 그냥 포기해 버렸다. 어떤 누구도 자식이 엄마를 때렸다고는 상상조차 하지 않았다. 난 입을 다물었다. 얼마 후 우연히 만난 오빠 친구로부터 오빠가 군에 간 사실을 알았다. 난 그 이후 오빠를 보지 못했다.

난 일부러 오빠가 어디에 있는지 알려고 하지 않았다. 저주 받은 우리 가족들과 더 이상 관계를 맺고 살기 싫어서 아예 소식을 끊었다. 고등학교를 중퇴하고 멀리 떨어진 다른 동네 자취방에 지내며 검정고시와 대학 시험을 봤고, 대학을 나온 후 회사에 취직했다. 세상일에 관심이 없는 나는 맡은 일을 열심히 했고 상사들은 부지런하고 일 잘하는 나를 예뻐해 주었다. 하지만 좁은 사무실에 여러 명이 함께 지내는 생활이 나에게 맞지 않았다. 미주알 고주알 같이 있는 사람에 대해서 뒷담화를 하고, 시시때때로 상사 욕하고, 우르르 몰려 나가서 밥 먹고 회식하는 것이 언제나 거북했다. 난 물 위에 기름처럼 따로 굴러다녔다.

*

　그런데 그렇게 겉도는 나를 자상하게 잘 돌봐주는 젊은 부장이 있었다. 이제 겨우 29살 밖에 되지 않았지만 그의 승부욕과 기민함을 높이 산 사장이 자신의 오른팔로 생각하고 수족같이 부리는 사람이었다. 들리는 소문에 의하면 월급도 상무급에 가까이 받고 회사의 중요한 일은 대부분 맡아서 처리한다고 했다. 그와 동갑인 다른 사람들은 대부분 평사원이거나 대리도 겨우 달았기 때문에 주변 사람의 부러움과 질시를 한꺼번에 샀다. 김정호 부장은 윗사람은 깍듯이 모시고 섬겼지만, 자신보다 나이가 많아도 직급이 낮은 직원인 경우 서슴지 않고 반말을 썼다. 같이 일하다가 누가 잘못하면 언성을 높이며 야단치고 인격 모독도 서슴지 않는 야심만만한 사람이었다. 사람들은 김정호가 무서워 앞에서는 잘 보이려고 노력하지만 뒤로는 욕하고 피했다. 그러나 그는 이런 것에는 전혀 아랑곳하지 않았으며 사장 이외에는 아무도 신경 쓰지 않았다. 그런 사람이 나한테는 아주 친절하게 잘 대해 주고 사소한 것도 챙겼다. 회식 때도 내가 안 가려고 하면 그렇게 빠지면 사회 생활하기 힘들다고 데리고 가고, 점심도 거의 같이 먹고 야근을 하면 저녁 먹을 때 꼭 챙겨서 데리고 나갔다. 회사에서 기념품이나 상품권 같은 걸 만들면 다른 사람들보다 더 넉넉히 나눠주고 보너스도 두둑하게 챙겨줬다. 집에 갈 때나 회사 행사를 해서 멀리 야외로 나가면 차를 태워줬다. 다른 직원들은 나한테 일을 시켜도 밥 한번 사는 일이 없었는데 김정호 부장은 일을 잘한 답례라며 내 돈 주고 사먹기 힘든 비싼 점심이나 저녁을 사줬다. 물론 회사 돈으로 사주는 거지만 지금까지 나한테 이렇게 친절하게 대해주는 사람이 없었기 때문에 고마운 맘이 많이 들었다.

다른 사람들이 김부장 욕을 하면 나한테 하는 것처럼 듣기 싫어서 자리를 피했고, 김정호 부장이 일을 시키면 야근을 해서라도 끝내고 가려고 했다. 일이 늦게 끝나도 김부장이 항상 집 근처까지 차를 태워다 줬기 때문에 편했다. 대중교통을 이용하면 거의 한 시간 이상 서서 가야 했기 때문에 지친 저녁에 차를 얻어 타는 건 정말 좋았다. 그리고 가는 도중에 서로 이야기를 많이 나누게 되었다. 김정호는 사장 이외에는 모를 여러 가지 회사 사안을 많이 알고 있었고 나한테 이런저런 이야기를 해 주었다. 난 누가 해고를 당할 건지, 누가 승진할 건지 다 알고 있었기 때문에 아무 것도 모르고 추측과 억측을 일삼는 다른 직원들이 약간 가소롭게 보이기까지 했다. 김정호는 아버지 나이가 많아 돌아가시기 전에 결혼해야 했다. 집안에서 맞선을 본 여자와 일찍 결혼해서 이미 아들이 한 명 있었다. 그의 아내는 집안에 돈은 많지만 두 세 마디만 말을 섞으면 살기를 느낄 만큼 답답해서 거의 남남처럼 산다고 했다. 집에 있으면 아내의 기침 소리를 듣는 것도 불편해서 주말에도 회사를 나오고 하루도 집에 일찍 가본 적이 없으며, 자신이 가진 것은 회사와 일밖에 없는 것 같다는 이야기를 할 때 약간 슬퍼 보였다. 김정호 부장은 영화표가 생기면 항상 나를 데려갔고 주말에도 친구들과 등산을 가거나 낚시를 가면 나를 데려 갔다.

둘이 자주 만나다 보니 어느 순간 김정호가 친오빠처럼 느껴졌다. 아니 나와 오빠는 한 번도 살갑게 지낸 적이 없었기 때문에 아마 내 머릿속에서 그렸던 그런 따뜻하고 부드러운 이상적인 오빠에 가깝다는 표현이 맞을 것 같다. 한 번도 누군가와 가까이 지내지 못했던 나는 어느 새 김정호 부장에게 많이 기대고 있었다. 내가 회사에서 버틸 수 있었던 것은 순전히 김부장이 베푸는 호의 덕분이라고 해도 과언이 아닐 정도였다.

그런데 어느 날 김정호 부장이 모친상을 당했다. 난 휴가를 내고 시골로 내려가 부의금도 받고 음식도 나르며 도왔다. 부잣집 딸로 자라서 고생이라고는 모를 것 같은 김부장의 아내는 하루 정도 자리를 지키다가 서울로 올라갔고 난 장지까지 따라가서 일을 마무리하고 올라 왔다. 장례 휴가를 받은 김부장이 일주일 정도 보이지 않았을 때는, 텅 빈 그 사람의 자리를 보며 내 맘속에 자리잡은 그 사람의 무게를 느낄 수 있었다.

장례 휴가에서 돌아온 김부장은 언제 그랬냐 싶게 열심히 일했다. 슬픔이 자리 잡을 수 없게 일로 시간을 때우는 그의 모습이 나 자신을 보는 것 같아 안타깝게 느껴졌다. 그날도 둘이 야근을 하고 집에 함께 가고 있었는데 그가 갑자기 차를 세우더니 호프집에 들러서 잠시 술이나 한 잔 하자고 했다. 한동안 아무 말 없이 몇 잔을 연거푸 들이키던 김정호가 갑자기 말을 걸어왔다.

"넌 혼자 사는데 외롭지 않니?"

내가 아니라고 고개를 젓자,

"안 외로워? 이상하다. 외로울 것 같았는데. 난 외롭다. 이 세상에서 나를 무조건적으로 사랑해주는 유일한 사람이 내 어머니였는데…….
나 이제 정말 외톨이가 된 기분이 들어. 넌 내 이런 심정을 이해할 수 있지?"

"예. 이해해요. 하지만 부장님한테는 부인도 있고 아들도 있잖아요. 혼자 아니에요."

탁자 건너편에 앉아 있던 김정호가 내 손을 잡으며 울기 시작했다. 보통 때는 그렇게 냉정하고 강하게 보이던 사람이 우는 모습이 안타까워 손을 빼지 않고 가만히 앉아 있었다. 차를 몰고 가기에 너무 취한 것 같아 택시를 잡아 태우려는 순간 다 토해서 김 부장의 옷과 내 옷이 엉망이 되어 버렸다. 김정호는 택시도 못 타고 오물로 뒤덮인 채 벽에 기대어 서 있더니 드디어 길바닥에 앉아 졸기 시작했다. 난 그냥 길에 버려두고 집에 가려다가 그래도 나한테 잘해준 상사인데 아닌 것 같아서 근처 여관에 데리고 들어갔다. 양복 윗도리를 벗겨서 수건으로 닦아내고 바지를 닦아주려고 하자 갑자기 김정호가 나를 끌어당겨서 키스하기 시작했다. 난 키스는 고사하고 남자 손도 잡아 본 적이 없었기 때문에 화들짝 놀라서 그 사람을 밀어냈다. 친근하고 좋다는 생각은 가졌지만 오빠 이상은 아니라고 생각했는데 너무나 갑자기 이런 일을 당하니 어떻게 행동해야 할지 몰랐다. 그 사람이 다른 짓은 안 할 테니 잠시 안고 있게 해 달라고 애원했다. 그 사람의 약해진 모습을 보니 내 맘도 흔들렸다.

"널 사랑해. 너 모르겠니? 그래서 지금까지 같이 지냈고 챙겨준 거잖아. 너도 내가 좋지?"

나도 그 사람이 싫지는 않았지만 그렇다고 같이 자고 싶지도 않았다. 내가 망설이며 대답을 못하자 그가 다시 나를 껴안고 키스하기 시작했다. 김정호는 이혼하고 나한테 올 거니 걱정하지 말라고 말했다. 나를 처음 보는 순간부터 좋아했고 절대로 나를 아프게 하거나 울게 만들지 않을 테니 믿으라고 말하며 안심시켰다. 하지만 유부남과 이러는 건 아닌 것 같아 나가려고 뿌리쳤다. 그는 날 더 꽉 끌어안고 힘으로 밀어붙였다. 내가 아무리 밀어내도 술 취한 남자의 완력을 당해낼 수가 없었다. 거의 강간에 가까운 첫날 밤. 난 그렇게 순결을 잃었다.

"내가 이혼하고 올 때까지 우리 관계를 다른 사람한테 말하면 안 되는 것 알지? 우리 둘 다 사회적으로 매장 당하는 거야. 내가 조용히 모든 걸 처리하고 너한테 올 거니까 기다려. 특히 넌 결혼도 안 했는데 소문이 나면 이미지가 너무 나빠져. 아무도 유부남하고 바람 난 여자하고 결혼하려고 안 할 거야. 친구들도 다 손가락질 할 거고. 알았지? 이 상황에서 제일 힘든 건 너야. 난 네가 그런 일을 당하는 걸 원하지 않아. 내가 빨리 이혼하고 올게. 좀만 기다려."

김정호는 나를 부드럽게 안아줬다.

소중한 사람을 만나면 주려고 간직했던 모든 것이 사라지고 한바탕 욕정이 휩쓸고 간 내 몸을 거울에 비춰보니 빈 껍데기만 남은 것 같았다.

몇 번을 샤워를 해도 찝찝한 느낌이 몸 구석구석에 남아 떨어지지 않았다. 내게 부모님이 있다면, 친언니가 있다면 이야기해서 조언도 얻고 했을 텐데 난 세상에서 혼자였다. 설움이 북받쳐 올라 눈이 벌겋게 부어오를 때까지 울었다. 김정호의 말처럼 소문나면 회사도 못 다니고 창피한 일이라서 누구한테 털어놓을 수도 없었다. 나는 그날 이후 김정호의 정부가 되었다.

3개월 정도 지나서 김정호는 연봉을 더 올려 받고 다른 회사로 옮겼지만 여전히 일주일에 한 번씩 나를 찾아왔다. 그는 여관에서, 내 자취방에서, 가끔 한적한 곳에 차를 몰고 가서 차 안에서 정사를 벌였다.

"여관보다 여기가 더 안전해. 둘이 걸어 들어가거나 나오는 것 보면 소문날 수도 있잖아."

"아……. 네 몸 속에 들어오면 정말 좋아. 사실 난 이렇게 다른 사람한테 들킬까 봐 두려워하면서 하는 게 좋아. 절정에 더 잘 오르는 것 같아. 아……. 좋아."

김정호는 끊임없이 헉헉거렸다.

"너 신음 소리 좀 내봐. 처음에 너 반항할 때 하는 것이 정말 제일 좋았어."

"너도 좋지? 좋다고 말해봐. 아니지. 말하면 뭐해. 네 몸이 이미 말하는 데 뭐."

김정호가 이런 말을 지껄이면 눈을 감고 듣지 않으려고 노력했다. 가끔은 그 사람 말대로 내 몸이 나도 모르게 반응하는 것을 느끼면 동물이 된 것 같아서 더 싫었다. 가끔 유부남과 이런 관계를 계속 맺고 있는 내가 싫어서 소리를 지르면 김정호는 더 좋아했다. 회사에서 나쁜 일이 있으면 더 오래 격렬하게 했다. 그러나 맘속에서 우러나는 사랑 없이 즐기기 위해 하는 섹스는 아무리 해도 길이 들여지지 않았다.

"부장님, 언제 이혼해요?"

"곧 할 거야. 너 허튼짓 할 생각하지 마라. 알았지? 내 마누라 성질 더러워. 회사로 찾아가서 너 머리채 붙잡고 난리 칠지도 몰라. 내가 그 여자가 너한테 그런 짓 하는 걸 어떻게 보니? 차라리 내가 당하고 말지. 걱정하지 마. 내가 곧 이혼할게. 요즘은 정말 일주일 내내 한 마디도 안 해."

그렇게 말하면서 나를 안아주었다. 난 비록 사랑하지 않았지만 내 몸을 처음으로 열어 보인 그 사람이 소중했고 미래를 같이 하고 싶었다. 비록 그것이 사랑이 아닐지라도……. 그래서 난 숨을 죽이며 기다렸다.

김정호는 주말에 하루는 내 자취방에서 자고 갔다. 일 년에 주말이 40번이 있다면 그 사람은 30번을 나와 보낼 정도로 자주 있다가 갔다. 사람들은 내가 결혼한 새댁이고 주말 부부인 걸로 착각했다. 그는 이런 상황을 즐기는 것처럼 보였지만 난 시간이 흐를수록 거짓으로 뭉쳐진 이 관계가 불안하기만 했다. 가끔은 이혼하라고 말하지만 그가 하도 불같이 화를 내며 자신을 못 믿느냐고 소리 지르니까 무서워서 더 이상 물을 수가 없었다. 한 달, 두 달……. 다섯 달, 여섯 달, 일곱 달이 지나도……. 이혼할 기색이 전혀 보이지 않았다.

하루는 내가 목욕을 하고 나오는데 김정호가 내 가방을 뒤지고 있었다. 김정호가 그날 새로 만든 내 예금 통장을 꺼내보고 있었다. 난 당황해서 통장을 낚아채 가방에 챙겨 넣었다.

"나 좀 있으면 생일인데. 선물 사주면 안 되냐? 태어나서 지금까지 한 번도 누구한테 선물 받은 적 없는데. 좋아하는 사람이 주는 선물을 받으면 어떤 기분일까?"

김정호가 나한테 많은 것을 챙겨준 것은 사실이지만 대부분의 경우 그건 회사에서 고객에게 줄 걸 나한테 주는 것이었다. 처음에는 김정호가 단순히 상사였기에 그 정도만 챙겨줘도 고맙고 좋았지만, 미래를 같이할 사람으로 생각하면 그는 나한테 돈을 거의 쓰지 않고 인색했다. 말로는 아내가 눈치 채면 골치 아파지니까 되도록 월급에 손대지 않는다고 말했지만 이상하게 뭔가가 부족했다. 하지만 한 번도 제대로 된 선물을 받아 본 적이 없다는 그 사람이 꼭 내 처지와 비슷한 것 같아서 뭐가 가지고 싶은지 물어 보았더니 생각해 보겠다고 좋아하면서 집으로 갔다.

며칠 뒤, 그는 같이 백화점에 가자고 하더니 롤렉스시계를 사달라고 했다. 난 집도 없이 단칸방에서 살고 김정호가 받는 월급의 십 분의 일을 받으며 사는데 몇백만 원짜리 시계를 사달라고 하는 그를 정말 이해할 수 없었다. 하지만 기대에 차서 흥분한 그 사람에게 짙은 연민의 정이 느껴져서 통장을 깨서 시계를 사줬다. 시계를 선물로 받고 밤새도록 잠도 못 자고 좋아하는 그 사람이 아기 같아서 그만 자라고 안아 주었더니, 그는 곧 이혼할 거니까 어디 가지 말고 있으라고 말하면서 나를 껴안아 주었다. 난 그런 그를 믿었다.

시계를 사준 며칠 후부터 김정호는 전화도 하지 않고 찾아오지도 않았다. 일주일이 지난 후 전화를 했더니 미팅 중이라서 바쁘다고 전화를 끊었다. 한 달이 지나도 바쁘다며 나를 만나러 오지 않았고 두 달이 지나도 연락이 없었다. 전화를 해도 안 받았다. 하루는 너무 답답해서 그 사람 회사 지하 주차장에 찾아가서 기다렸다. 주차장에서 기웃거리며 그 사람 차를 찾는데 너무 슬퍼서 자꾸 눈물이 났다. 저녁 8시가 되자 김정호가 주차장에 내려왔다. 나를 본 그 사람은 깜짝 놀라며 주변을 두리번거리더니 나를 차에 태우고 한강으로 갔다. 그는 차를 세우자마자, 신경질적으로 말했다.

"도대체 뭘 원해? 왜 자꾸 전화하고 찾아오고 이 난리를 부려. 이미 끝난 관계를 가지고 왜 이렇게 짜증스럽게 구냐고?"

난 영문을 몰라 아무 말도 못 하고 쳐다보니까, 더욱 윽박질렀다.

"넌 꼭 똥이면 똥이라고 해야 아니? 냄새만 맡아도 알지. 내가 전화를 안 하고 그럼 알아채야지. 맘 변한 것 모르겠어? 두 달을 연락 안 했는데 관계가 변한 걸 왜 몰라? 바보 같은 게."

"나한테 이혼하고 온다고 약속하지 않았어요? 난 부장님 말을 믿고 기다렸는데 거짓말이었어요? 이런 날이 올까 봐 내가 얼마나 무서워하고 두려워했는데……. 어쩜 이럴 수가 있어요? 그리고 헤어지면 헤어진다고 말하고 떠나야 하는 것 아니에요?"

김정호는 얼굴에 싸늘한 미소를 지었다.

"말하고 헤어지는 것 좋아하시네. 헤어지는 건 그냥 헤어지는 거야. 좋게 헤어지고 이런 것 없어. 그럼 질질 끌기만 하지. 난 너한테 정이

다 떨어졌어. 너 알고 보니 무서운 인간이더라."

"사람 가지고 놀다가 버리는 부장님이 무서운 인간이 아니고요? 이혼하고 온다고 기다려 달라고 말해 놓고, 다른 사람한테 말하면 나만 손해라고 참으라고 해 놓고……. 도대체 어떻게 이럴 수가 있어요?"

김정호는 일부러 비열한 표정을 지었다.

"너 그거 알아? 얼마 전에 우리 회사에 새 여자 직원이 들어 왔어. 밥 먹으면서 이야기하다 보니 너하고 같은 중학교 나왔더라. 내가 그 여자한테 너 아냐고 물어보니까 그 '사건'을 이야기하더라. 그 유명한 아버지 죽인 사건."

난 순간 온몸이 얼어붙는 느낌이 들었다.

"그건 사고였어요."

"그래. 알아. 사고였지. 하지만 내가 너랑 관련되어서 오래 끌면 어떻게 될지 누가 알아? 너 눈 뒤집히면 나한테, 내 아들한테 무슨 짓을 할지 모르겠더라고. 너한테 미안하지만 이제 다시는 나 찾지 마라. 난 순전히 날 위해서 살아. 네가 뭔 짓을 해도 난 너한테 돌아가지 않을 거야. 내 마누라한테 가서 말하고 싶으면 해. 나 하나도 겁 안 나. 하지만 내 아들 건드리면 너도 죽어. 그리고 더 이상 전화하거나 찾아오면 경찰에 고발할거야. 유부남인 줄 알고 사귄 여자는 법적으로 아무 보호 못 받아. 너도 그 정도는 알지? 나 보통 독한 놈 아니니까 네가 알아서 기어. 알았어? 참, 다음에 만나는 남자한테는 비싼 시계 같은 것 사주지 마라. 정신 똑바로 차리라고. 내가 그래도 마지막 양심은 있어서 네가 더 돈 쏟아 붓기 전에 뜨는 거야."

*

깜깜한 강변에 혼자 서서 아무 생각이 들지 않았다. 강간에 가깝게 시작된 관계지만 처음으로 내 몸을 준 남자가 나를 살인마로 취급하며 떠나갔다. 어떻게든 좋아해주고 소중하게 생각하며 미래를 나눌 결심까지 했는데 내 가슴을 난도질하고 떠났다. 나도 모르게 발길이 강 쪽으로 옮겨졌다. 시리디 시린 강물이 종아리를 거쳐 올라 허리까지 차올랐다. 내 가족들이 밉고, 내 맘을 유린한 김정호가 미워서 죽여 버리고 싶었다. 앞으로도 더 살아봤자, 그 어떤 사람도 내 과거를 알면 친구로도 애인으로도 가까이 지내지 않을 거라는 생각만 들었다. 물이 목까지 차올랐다. 물이 너무 차가워서 온몸이 사시나무 떨듯이 떨렸다. 갑자기 발이 쑥 들어가더니 물이 머리 위까지 넘쳤다. 난 나도 모르게 손을 휘저으며 살려고 바동거리고 있었다. 간신히 물가로 기어 나와 기진맥진한 상태로 풀밭에 누워서 한참 울다가 젖은 몸으로 집까지 걸어갔다. 열이 나서 회사에 일주일 넘게 나가지 못했다. 그리고 회사를 그만 뒀다.

혼자 어떻게 살까 궁리하다가 모아 둔 돈과 어머니가 남겨준 돈으로 작은 빵집을 열었다. 처음에는 빵 만드는 사람을 썼지만 옆에서 이것저것 보면서 1년 정도 배운 뒤에는 혼자 새벽에 일어나서 빵을 만들어서 팔았다. 잠자는 시간을 빼고 아침부터 저녁까지 열심히 일했다. 쓰러져 죽은 듯 잘 수 있을 때까지, 후회로 내 머리가 돌지 않게 육체를 혹사시켰다. 난 중학교의 그 무서운 날 이후, 하루에도 수백 번씩 '프라이팬

집을 찾아서

137

이 아닌 다른 물건으로 아버지를 때렸다면, 머리가 아닌 등을 때렸다면……' '엄마가 맞을 때 내가 오빠를 말리고 대신 맞았어야 하는데. 도망가지 않았다면 엄마가 죽지 않았을 텐데……'라는 생각에 시달렸다. 최근에는 내가 고아만 아니어도 김정호 같은 인간이 나를 함부로 대하지 못했을 텐데, 내가 그 인간을 길거리에 버려두고 갔으면 이런 일이 발생하지 않았을 텐데 왜 그랬을까 싶어서 후회했다. 몇 번이고 그 남자가 근무하는 회사를 찾아가 모든 사람이 보는 앞에서 망신을 주고 싶고, 가끔은 죽여 버리고 싶다는 생각까지 하곤 했다. 사람들은 바꿀 수도 없는 과거는 생각하지 말라고 쉽게 말하지만, 과거는 망령처럼 내 주위를 맴돌았다. 난 잊기 위해 하루를 살았다. 빵을 굽고, 탁자를 치우고, 우유 잔을 씻었다. 매장 밖 길도 쓸었다. 꽃꽂이도 해서 탁자에 올려 놓고 화분도 여러 개 사서 놓았더니 화사한 분위기 때문인지 손님들이 더 늘었다. 그때만 해도 빵집이 별로 없었기 때문에 난 돈을 꽤 많이 벌었다. 난 손님을 친절하게 맞이했지만 카운터를 사이에 두고 혼자 살았다. 누굴 만나도 행복하지 않을 걸 알았기 때문에 아무도 가까이 두지 않았다. 심지어는 여자 친구들한테도 맘을 열지 않고 거리를 두었다. 난 세상에서 철저하게 혼자였다. 손님들이 나를 좋게 보고 사람을 소개해 주겠다고 해도 난 결혼도 싫었고 아이를 가지는 건 더 싫었다. 지금처럼 아무하고도 관계를 맺지 않고 아무도 사랑하지 않고 평생 조용히 살다가 죽고 싶었다. 그래서 열심히 돈을 벌었다. 돈은 정직했다. 사람처럼 맘이 쉽게 바뀌지도 않았고, 화를 내지도 않았으며, 나한테 속내를 털어놓으라고 요구하지도 않으면서, 날 정말 편리하게 해 줬다.

처음 조그만 양옥 집을 사고 이사해서 내 침대에 누웠을 때, 난 비로소 한 번도 갖지 않았던 '내 집'이 생겼다는 걸 알았다. 누구도 나를 괴롭히지 못하는 안전한 내 집. 고함 소리와 그릇 깨지는 소리에 잠을 깨지 않아도 되는 내 집. 언제나 편히 쉴 수 있는 내 집. 그 다음 날 처음으로 늦잠을 잤다. 동네 꽃집에서 화분을 몇 개 샀다. 덩그러니 가구 몇 개만 있던 집에 초록빛이 더해졌다. 하늘은 파랬고 햇살은 따뜻했다. 풀국새 한 마리가 창가에 앉아 '풀국, 풀국'거리며 울었다. 서울 양옥집에 날아든 풀국새. 어릴 때 읽은 동화가 생각났다. 계모 밑에서 밥도 제대로 못 먹고 일만 하는 여자애. 살가죽이 뼈에 달라붙고 눈이 퀭하니 들어가 비실거리면서 밭도 갈고 빨래도 하고……. 그런데 어느 날 계모가 그 여자에게 방을 도배하라고 했다. 너무 배가 고파서 밀가루로 끓인 도배 풀을 정신없이 먹고 있는데 계모가 그 꼴을 본 것이었다. "이년아! 하라는 도배는 안 하고 아까운 풀을 먹는 게냐? 이 미친년아?"라며 계모가 빗자루로 내리치니 그 여자애는 아무 말도 못하고 그 자리에 바로 쓰러져 죽고 말았다. 여자애가 묻힌 무덤 위에 그 다음 해부터 못 보던 새가 날아와 울었다.

'풀국, 풀국'

우는 모습을 보고 사람들은 도배 풀을 먹다가 불쌍하게 죽은 여자애의 영혼이 환생했다고 믿게 되었다. 그 풀국새가 뜬금없이 내 집 창가에서 울고 있었다. 어머니가 죽었을 때도 흘리지 않았던 눈물이 흘러내렸다. 아버지를 죽이고 어머니가 죽는 걸 못 본 척 도망갔던 나한테도 아직 흘릴 눈물이 남아 있었다.

난 매일 아침 4시에 빵을 굽기 시작해서 6시 30분부터 팔았다. 주변에 시립 도서관이 있어 아침에는 학생들이나 도서관 이용하는 사람들이 내가 만든 빵을 먹으러 오는 경우가 많았다.

어느 날부터 그 사람은 아침 7시에 와서 빵과 우유를 먹으면서 느긋하게 책을 보았다. 어떤 때는 뭔가를 그리고 열심히 적기도 했다. 그는 깡마르고 까무잡잡하며 날렵해보이는 체격에 흔들리지 않는 눈빛을 가졌다. 둘은 아무 말 안 했지만 1년을 그렇게 둘에서 30분 정도 아침 시간을 보냈다. 어느 새 아침 7시에 그 사람을 보는 것이 익숙해졌다. 가끔 며칠 오지 않으면 잘 지내는지 궁금해지기도 했다. 단골손님이 많았지만 이상하게 그 사람한테는 관심이 갔다. 그 사람이 오면 맘이 밝아지면서 반갑고 안 오면 섭섭한…… 어느 날 그 사람이 모르고 책 한 권을 놓고 갔다. 잠시 들여다보니 건축에 대한 책이었다. 뭐가 뭔지 잘 몰랐지만 세상에 멋진 건물들이 많다는 걸 그때 처음 알게 되었다. 그 다음 날 그 사람이 왔을 때 책을 주면서 1년 만에 처음으로 이야기다운 이야기를 나누게 되었다.

"저기, 이 책 놓고 가셨어요."

"아, 여기에 놓고 갔군요. 잃어버린 줄 알았는데 다행이다. 혹시 좀 읽어 보셨어요?"

"예. 실례인 줄 알지만 약간 궁금해서 몇 페이지 펼쳐 봤어요. 잘 모르니까 주로 사진을 보았는데 세상에 멋있는 건물이 이렇게 많구나 싶어서 놀랬어요."

그 사람은 눈을 반짝거리며 자신이 하는 일에 대해서 설명했다.

"저는 건축 관련 일을 하고 있어요. 사람들이 행복하게 지낼 수 있는 집을 짓기 위해 시작했죠. 사무실은 경복궁 근처인데 집은 이 근처에 있어요. 일주일에 두 번은 대학에 강의를 나가기 때문에 여기에 올 때마다 강의 준비를 하는 편이예요. 아주 편하고 좋은 가게가 근처에 있어서 얼마나 좋은지 몰라요. 아무리 오래 있어도 눈치도 안 주고." 그는 웃으며 명함을 건네주었다.

*

이시경. 그 사람의 이름은 이시경이었다.

"뜬금없지만 인생에서 뭐가 제일 중요하다고 생각하세요?"

눈이 마주친 이시경이 질문을 했다. 난 갑자기 뭐라고 답해야 될지 몰라 머뭇거렸다.

"평화로운 맘이 아닐까요?"

"평화로운 맘을 가지는 건 소중하죠. 어떤 상황에서도 흐트러지지 않는 평화로운 맘을 가지는 건 어려운 일인 것 같아요. 그리고 저는 신의와 믿음도 중요한 것 같아요. 내 눈앞에 아무리 어려운 일이 발생해도 신은 나를 소중하게 생각하고 구원해 줄 거라는 믿음? 사람들한테 배신당하고 속고 그래도 그 바닥에 깔린 선한 맘을 믿는 것?"

"난 사람은 그렇게 착하지 않은 것 같아요. 악함이 기본에 깔려 있는 것 같아요. 더 많이 가지려고 하고 더 남을 부려 먹으려고 하고. 누가 때리면 몇 배로 갚아주려고 하고. 책에서 읽었는데 태초에 문명과 법이

집을 찾아서

없을 때 살아남은 원시인들은 모두 육체적으로 강인하고 정복욕과 소
유욕이 강하며 남을 지배하려는 성향이 있는 사람들이었대요. 남을 죽
여서 먹을 걸 쟁취할 수 있는 조상의 피를 이어 받은 인류는 잔인함이
바탕에 깔려 있을 수밖에 없다고 했는데 전 그 말이 맞는 것 같아요.
전문가가 아니라서 잘 모르지만……."

난 말꼬리를 흐렸다. 잘 모르는 소리를 늘어놓은 것 같아 약간 멋쩍
었지만 이시경은 아주 흥미 있게 들었다.

"아. 한 번도 그런 식으로 생각해 보지 못했는데. 어떤 면에서는 맞는
말인 것 같네요. 그래서 인간들이 그렇게 잔인한가? 더 높이 올라가고
더 많이 가지려고 하고. 인류의 역사는 전쟁과 투쟁의 역사라고 말하는
사람도 있잖아요."

"예. 삶 자체가 전쟁이죠. 칼이나 총을 들이대지 않아도 충분히 다른
사람을 짓밟고 힘들게 하는 사람이 세상에는 너무 많아요. 살아서는 도
저히 용서하기 힘든 상처를 타인에게 입히는……."

"흠……. 무슨 일인지 모르지만 많이 아팠군요. 용서하기 힘든 경우
는 용서하지 마세요. 천천히 상처가 아물면 그때 해도 괜찮아요."

우리는 이렇게 가끔 이야기하는 사이가 되었다. 어떤 일에도 서두르
지 않고 의연한 태도를 보이는 그 사람을 볼 때마다 비바람이 몰아쳐
도 끄덕하지 않는 큰 바위 같은 느낌이 들었다. 아마도 그 사람은 내가
가진 유리벽을 알고 그 세계를 존중해 주며 손을 내민 첫 번째 사람일
지도 몰랐다. 그렇게 조용히 이시경과 함께 다시 1년을 보냈다. 그러던
어느 날 거의 10일 동안 그 사람이 오지 않았다. 늘 보이던 사람이 보

이지 않으니 어디가 아프지는 않은지 걱정되었고, 다른 사람을 걱정하고 있는 나 자신이 낯설었다. 내가 쌓아 올린 타인과의 성벽이 약간 무너진 것 같아 차라리 더 이상 보지 않는 것이 좋겠다는 그런 생각도 들었다. 그로부터 3일이 지난 뒤 저녁에 이시경이 왔다. 환하게 웃으면서 자신이 설계한 건물이 지어져서 내일 개관식을 하는데 그 전에 같이 가서 보지 않겠냐고 했다. 나한테 제일 먼저 보여주고 싶었다고 말했다. 난 부담되어서 망설였다. 그 사람은 머뭇거리는 나를 떠밀다시피 데리고 나갔다. 빵집을 연 지 3년 만에 처음으로 저녁에 일찍 문을 닫고 그 사람을 따라 갔다. 별로 높지 않은 건물인데 네모난 도넛처럼 중앙을 비워낸 후 작은 정원을 만들었고 그곳에 대나무와 키가 낮은 풀들을 심어 놓았다. 검은 돌로 만든 분수에서 솟아난 물은 3단으로 만들어진 층계를 넘어 미동도 없이 조용히 흘러내렸고, 그 물은 건물 내부를 통과해서 건물 밖을 한 바퀴 돌아 흘렀다. 유리를 많이 쓰고 중간이 뚫어진 건물은 낮에 보면 모든 층에 햇빛이 환히 들어올 것 같았다. 난 이런 건물도 만들 수 있구나 싶어 감탄했다. 그리고 건물 문을 닫고 나와 사간동 길을 걸어 내려오며 이야기를 나누다가 정독 도서관 벤치에 앉았다. 최근 몇 년 동안 남하고 그렇게 오랜 시간 같이 있어 본 적이 없었는데 의외로 맘이 편했다.

"하늘 좀 쳐다봐요. 나뭇잎 사이로 달이 보이죠? 달이 무슨 모양으로 보여요?"

"부서진 파편?"

"나한테는 하트 모양으로 보이는데. 약간 다른 위치에 앉았다고 똑

집을 찾아서

같은 사물이 완전히 다르게 보이네요. 인생도 이런 것 아닐까요?"

그가 말을 걸어왔다. 그러면서 자리를 바꿔 앉자고 했다. 난 웃으면서 자리를 바꿔서 다시 달을 올려 보았다. 정말 하트 모양으로 보이는 것 같았다.

우리는 다시 걸어 내려와 명동으로 갔다. 사람들이 많아 복작복작한 거리를 둘이 나란히 걸어가기 힘들어지니까 그 사람은 아무 말 없이 내 손을 잡았다. 그렇게 길을 건넜고 그는 나를 집에 데려다 줬다. 버스를 타고 가는 내내 그 사람은 내 손을 놓지 않았다. 가는 길은 물론, 집에 들어가서도 계속 심장이 두근거렸다. 그 사람이 정말 좋지만 괜히 더 가까워져서 이 정도의 관계도 유지 못할까 두려웠다. 내일 그 사람 얼굴을 볼 자신이 없었다. 거의 뜬눈으로 밤을 샜다.

그러나 그런 내 우려를 비웃는 듯이 이시경은 나를 더 가깝게도 멀게도 대하지 않았다. 평소처럼 아침에 와서 말없이 주문하고 책을 읽다가 갔다. 아주 가끔 저녁 때 와서 차를 같이 마시거나, 문을 닫고 술 한 잔 마시고 집에 바래다주는 정도였다. 추석이나 설날에 다른 사람들이 귀향길을 떠나 서울 시내가 텅 빈 유령의 도시가 될 때 우리 둘은 만나서 같이 영화도 보고, 평소에 복잡해서 가지 않았던 곳을 구경하기도 했다. 식당이 다 문을 닫으면 도시락을 싸와서 같이 먹기도 했는데 난 절대로 이시경을 내 집으로 데려가지 않았다. 나만의 공간을 열어 누군가를 들여보낼 준비가 되어 있지 않았기 때문이었다. 하지만 보통 남자들과 달리 이시경은 우리 관계가 더 이상 진전이 없어도 전혀 서두르지 않았다. 물 흐르듯이 자연스럽게 일어나는 것 이외에 어떤 것도 요구하지 않았다. 난 그런 그 사람이 편하고 좋았다.

그런데 어느 날 이시경이 나한테 와서 아버지가 위독하니 같이 얼굴 보이러 갈 수 있냐고 물었다. 난 망설였다. 이 남자한테 호감을 가지고 있었지만 결혼까지 생각하고 있었던 건 아니었기 때문이었다. 이시경은 이런 내 맘을 알아챘는지 그냥 돌아가실 분한테 좋아하는 사람을 보이는 거지 결혼할 사람을 보이는 건 아니라고 말했다. 그 사람의 간절한 진심이 보여서 지방에 따라 내려갔다. 기차 안에서 그 사람은 어머니는 어릴 때 돌아가셨고 계모와 살았는데 힘들었다고 그 동안 있었던 이야기를 담담하게 들려주었다.

이시경은 암울한 어린 시절을 보냈다. 그래서 그런지 그는 우울한 어린 시절을 보낸 사람들을 귀신같이 알아봤다. 길에서도, 지하철에서도, 마치 얼굴에 낙인을 찍고 다니는 것처럼 한눈에 알아보았다. 그는 내가 카운터 뒤에 숨어 지내는 사실을 처음 가게에 왔을 때 알았다고 했다. 한 걸음 밖으로 나오면 자신이 겨우 쌓아 올린 관계의 성벽이 무너질까 무언의 경계를 치고 서 있는 내가 안타깝고 자신과 비슷해서 눈길이 갔다고 했다.

이시경의 생모는 일찍 죽었고 아버지는 6개월 만에 재혼했다. 그는 계모를 어머니라고 부르며 따랐지만 계모는 칼바람 소리가 나게 냉정했다. 그리고 새로 동생이 태어나면서 육체적으로 힘들어지자 자기가 받는 스트레스를 이시경에게 푸는 경우가 많았다. 계모는 속으로 자신이 그의 생모보다 덜 사랑 받는다는 콤플렉스를 가지고 있었기 때문에 시경을 더 미워했다. 계모는 아버지가 오기 2시간 전쯤에 그를 목욕시켰다. 그런 후 깨끗하게 새 옷으로 갈아입히고 방에 들어가서 공부하라고 했다. 집에 들어온 아버지는 언제나 정갈하고 깨끗한 그를 보며 좋아했다. 아버지는 만족해하며 아래층으로 내려갔다. 사람들은 콩쥐나 신데렐라가 구박 받을 때 아버지는 어디에 있었냐고 묻지만 이시경은 그 상황을 너무나 잘 이해했다. 아버지는 또 다시 아내를 쫓아내고 새 사람을 맞이하는 그런 복잡한 일을 하고 싶지 않아서, 그냥 보고 싶은 것만 보고 살았던 것이었다.

계모는 가끔 주변에 보는 사람이 없으면 미친 듯이 소리를 지르고 욕을 퍼부었다. 때려서 멍이 들면 아버지한테 들킬까 봐 계모는 여러 가지 다른 방법으로 그를 괴롭혔다. 냉장고에서 우유나 주스를 따라 먹으면 언제 왔는지 옆에서 쳐다보며 식충이라고 욕하고, 어떤 때는 컵 대신 접시에 우유를 부어서 개처럼 핥아 먹으라고 한 적도 있었다. 몇 번 그 일을 당하자 그는 아예 냉장고에 손을 대지 않았다. 화장실에 못 가게 해서 고추를 손으로 잡고 발을 동동 구르는 걸 보면서 웃고 재미있어 하는 경우도 있었다. 속옷을 안 빨아서 바지만 입고 학교에 간 적도 있었고, 어떤 날은 옷도 안 벗었는데 욕조에 들어가라고 해서 옷 위에 샤워기로 물을 뿌리기도 했다. 숨도 못 쉬게 쏟아 붓는 샤워 물줄기는 정말 두려웠고, 척척 온몸에 달라붙는 그 젖은 옷의 감촉은 지금도 잊을 수가 없다고 했다. 그러나 그중에서 제일 힘들었던 건 반찬 없이 식은 밥을 물에 말아서 먹는 거였다. 처음 몇 숟가락은 괜찮지만 10 숟가락 정도 먹으면 밥이 물에 퉁퉁 불어터지고 속이 느글거리고 토하고 싶어서 죽을 지경이 되었다. 차라리 몇 대 맞는 건 오히려 축복에 겨운 고문이라는 느낌이 들만큼 물에 불어터진 밥을 먹는 게 제일 싫었다고 했다. 그가 밥을 더 먹지 못하고 망설이면 계모는 야구 방망이를 들고 마룻바닥을 내리치며 머리통을 날려 버릴 거라고 다 먹어 치우라고 협박했다. 숨도 안 쉬고 엄청난 속도로 불어터진 밥을 먹어 치우면, 위내시경을 할 때처럼 헛구역질이 올라왔다. 아주 고통스러운 표정으로 쳐다보며 눈물을 글썽이면 계모는 그때야 비로소 이 층으로 올라가라고 신호를 보냈다. 그는 이 층 화장실에서 꾸역꾸역 밥알을 게워내면서 눈물과 비참함도 같이 토해냈다. 같이 사는 것이 고역이었지만 혼자서 고아원에 가기는 더 싫어 참고 또 참았다. 하루는 집에서 리코더를 불고 있는데 계모가 시끄럽다고 야구 방망이를 들고 뛰어올라 와서 리코더를 빼앗아 바닥에 놓고 내리치자 리코더가 산산조각이 났다. 그는 다시는 불지 않겠다고 손이 발이 되도록 빌고, 추운 겨울날에 혼자 공원에서 곱아 오그라드는 손을 호호 불어가며 리코더 연습을 했다. 그는 집에서 살았지만 부모가 없는 고아였다.

　그가 초등학교 5학년이 되어 덩치가 커지자 계모도 눈치를 조금씩 봤다. 여전히 욕하고 미워했지만 육체적으로 고통을 가하는 짓은 점점 하지 못했다. 중3 어느 날 목욕할 때 계모가 잠긴 문을 열쇠로 열고 빤히 쳐다보며,

　"네 물건 참 크다. 잘하겠는데? 크면 여자 꽤나 울리겠어. 도대체 네

어미가 어땠기에 네 아버지가 나한테 만족을 못하는 거냐? 왜?"

계모의 말에 그는 더 이상 여기서 살 수 없다는 생각이 들었다고 했다. 계모가 보든 말든 비누 묻은 몸으로 걸어 나가서 주먹으로 욕실 문을 계속 쳐서 부서뜨렸다. 손이 피범벅이 되고 계모까지 때리려고 쫓아가니 계모는 겁을 먹고 밖으로 뛰쳐나갔다.

저녁 때 집에 온 아버지에게 서울에 있는 중학교에 다니겠다고 눈물로 호소했고 아버지는 마침내 허락했다. 계모가 무섭다고 해서 그런지, 아님 성질 낸 아들을 보호하려고 했는지 모르겠지만, 번갯불에 콩 볶아 먹듯이 일이 처리되어 일주일 뒤에 서울에 있는 중학교에 전학하고 하숙을 하게 되었다. 그곳에는 시골에서 올라온 애들이 2명 있었는데 남자들이라도 집이 그리워서 외롭다고 했다. 하지만 이시경에게는 그리워할 고향이 없었다. 고향이란 힘들고 어려울 때 사랑하는 사람을 찾아갈 수 있는 곳인데, 그에겐 그런 사람도 추억도 없었다. 비록 돈을 받아서 하는 거지만 그에게 매일 따뜻한 밥을 챙겨주는 주인집 부부가 차라리 더 친척 같은 느낌이 들었다고 했다. 몇 달이 지나 고등학교에 진학하자, 아버지는 계모 몰래 방배동에 조그만 연립 주택을 사주었다. 보통 고등학생인 경우 혼자 사는 건 외롭고 힘든 일이겠지만 그에겐 천국의 문이 열리는 것 같았다. 집에서 혼자 산다는 사실을 뻔히 알면서도 그는 냉장고 문을 열 때마다 계모가 어느새 옆에 서 있는 것 같아서 가슴이 서늘하게 얼어붙었다. 한 달쯤 지나자 겨우 그 서늘한 기분이 사라지고, 맘 편히 음료수를 따라 마시고 음식을 해 먹을 수 있었다. 그리고 하루는 목이 터져라 노래를 불렀다. 거실 바닥에 드러누워 양팔을 벌리고 노래를 불렀다. 숨 한 번 크게 쉬지 못하고 살아온 세월이 야속해서 더 크게 불렀다. 한참을 불렀더니 소리가 잦아들며 눈물이 흘렀다. 드디어 그에게도 처음으로 눈치를 보지 않고 맘대로 살 수 있는 집이 생긴 것이었다.

　그 당시 이시경은 그 누구의 관심도 필요하지 않았고, 다만 살아서 자유롭게 숨 쉰다는 그 자체로 충분히 만족스러웠다. 혼자서 집중해서 공부했더니 의외로 성적도 잘 나왔다. 처음 집을 가지며 느꼈던 그 기쁨을 다른 사람에게도 선물하고 싶어서, 사람이 자연과 함께 어울려 사는 그런 건물들을 짓고 싶어서, 서울대 건축학과에 진학하게 되었다. 대학원까지 한국에서 마치고 네덜란드에서 다시 석사 과정을 밟았다. 새로운 나라에서 자유와 강인함을 배우며 그동안 얼마나 좁은 세상에서 살았는지 깨달았다. 자신이 강해지자 맘속에 있는 과거의 그림자는 점점 색깔이 옅어졌다. 그리고 기숙사 룸메이트가 심리학을 전공하고 있어, 그 사람 논문을 위해 심리 검사를 받고 상담도 받았는데 의외로 내적 치유에 도움이 되었다. 그래서 본격적으로 상담 치료를 받기 시작했다. 섣부르게 꿰매놓은 실밥 아래 곪고 있던 부분까지 짜서 과거를 놓아주는 데 끔찍하게 오래 걸렸다. 아스팔트에 녹아 붙은 껌 딱지처럼 칼로 긁고 발로 비벼도 과거는 좀처럼 떨어지지 않았다. 하지만 그는 알게 되었다. 복수에 불타고 타인을 미워하는 것은 내가 독을 먹으면서 다른 사람이 죽기 바라는 것과 같다는 걸……. 진정으로 강한 자만이 용서할 수 있다는 사실을……. 그리고 용서는 자신을 위해 하는 것이며, 오직 용서만이 자신을 진정으로 자유롭게 한다는 것을 알았다.

이시경은 한국으로 돌아와 참미래 건축 사무소에 취직한 후 사간동 미술관 프로젝트를 맡아 진행했다. 그가 가진 창의성을 높이 산 소장님 덕분에 자연과 사람이 함께 어울리고 채광이 삶 구석구석까지 밝히는 그런 건물을 지을 수 있었다. 힘든 부분도 많았지만 열정과 희망이 있었기에 며칠씩 밤을 새워도 전혀 힘들지 않고 오히려 달콤하게 여겨졌다고 했다. 그리고 그는 카운터 뒤에 과거와 함께 숨어 사는 '정아'라는 여자를 사랑하게 되었다고 말했다. 내가 그 사람의 사랑을 받아들이려면 먼저 나 자신의 과거를 받아들이고 스스로를 용서해야 한다며, 자신의 온 힘을 다해 날 돕고 싶다고 말했다. 그가 힘든 과거를 극복하고 새로 친구들을 사귀면서 배운 것이 있다면 그건 진심은 통한다는 것, 그리고 누군가 따뜻하게 보듬어 주어야 하고, 아픈 상처에 햇빛도 쏘이고 바람도 쏘여야 한다는 것이라고 말했다.

어떤 면에서는 나보다 더 힘들게 산 그 사람이 내 맘에 좀 더 가깝게 자리하는 것 같았다. 그런데 막상 역에 내려서 집으로 가는데 가슴이 떨렸다. 그 사람이 손을 꼭 잡아 주었지만, 도마뱀이 꼬리를 끊고 달아나듯 그 사람의 손을 놓고 자꾸 도망가고 싶었다. 현관문이 열리고 우리는 방에 들어가서 이시경의 아버지를 보았다. 뇌졸중이 와서 몸을 제대로 쓰지 못하는데, 폐렴까지 와서 병원에 있다가 겨우 퇴원했다고 했다. 그의 아버지는 자주 숨이 끊어질 듯 기침을 했다. 숨도 제대로 못 쉬는 그의 아버지는 나를 정말 좋아하는 눈으로 바라보며 힘들게 자란 아들을 잘 부탁한다고 눈물을 글썽거렸다. 말을 알아듣기 힘들었지만 미안해하는 그분의 심정이 전해져 내 맘도 아팠다. 계모에게는 인사만 하고 바로 나와서 서울로 왔다. 이시경은 나에게 무척 고마워했다. 그러면서 자기 맘에 이미 내가 들어와 있다고 어디 가지 말고 천천히 오래 옆에 있어 달라고 말했다. 난 대답을 못하고 돌아서 집으로 갔다. 내가 감당하기에는 너무 큰일들이 벌어지고 있었다.

그날 밤 전화가 왔다. 난 이시경이 건 줄 알고 전화를 받았지만 상대방은 아무 말도 없이 끊었다. 처음에는 장난 전화려니 하면서 그냥 끊었다. 하지만 네 번 정도 그런 전화를 받으니 문득 그런 생각이 들었다. 오빠가 아닐까? 김정호가 아닐까? 가슴 언저리가 서늘하게 식고 온몸에 진땀이 흘렀다. 변태 같은 사람들이 장난치는 거라고 스스로 타일러도 겁이 나서 안절부절 가만히 있지 못했다. 마치 내가 행복해지는 걸 방해라도 하는 듯 계속 말 없는 전화가 밤마다 걸려 왔다. 난 그때부터 주변을 살피기 시작했다. 저녁에도 가장 밝은 곳으로 골라서 다녔고 어두운 구석에서 누가 불쑥 나타날까 신경이 쓰였다. 하도 신경을 쓰니 지나가는 도둑고양이만 봐도 깜짝 놀라곤 했다. 가게 문이 열릴 때마다 혹시나 오빠나 김정호가 나타나는 것은 아닌지 가슴 졸였다. 가끔은 이시경과 있을 때 김정호가 문을 벌컥 열고 들어와 소리를 지를것만 같았다.

"너 이 여자 좋아해? 이 여자는 나하고 바람피운 불륜녀야. 그리고 자기 아버지를 죽인 년이라고!" 무서워서 온몸에 소름이 끼쳤다. 내 과거를 보여주면 그 남자가 분명히 떠날 것 같았다. 아니 그전에 내 과거를 털어놓지도 못할 것 같았다. 불행이 저 멀리서 빨리 오라고 손짓했다. 그러자 이시경의 따뜻한 호의와 배려도 숨이 막혔다. 모든 신경이 예민해져서 폭발하기 일보 직전이었다. 아무도 날 모르는 곳으로 도망가고 싶었다.

그 다음 날, 난 고속버스 터미널로 갔다. 아무 버스나 타고 무작정 떠났다. 밀양 가는 버스였다. 창밖으로 조그만 마을들이 다가왔다가 금세 멀어져 갔다. 아무 생각도 없이 멍하게 앉아 있으니 오후 2시경에 밀양에 도착했다. 같이 버스를 탄 사람들이 백운산으로 간다는 말을 옆에서 흘려듣고 나도 따라 갔다. 사람들은 자기들끼리 떠들고 앉아서 쉬고 그랬지만 난 그냥 아무 생각 없이 좀 더 한적한 길을 골라서 걸으며 먼저 올라갔다. 길을 잃을지 모른다는 두려움, 곧 해가 지니까 어디서 자야 한다는 걱정, 그런 건 이미 생각하지 않고 있었다. 어디서 징 소리가 들렸다. 고요한 산 속에 울리는 징 소리가 낯설게 들려서 나도 모르게 발이 그쪽으로 움직였다. 한참을 올라가니 폭포에 위험하게 줄을 쳐 놓았는데 그 앞에 음식을 쌓아 두고 무당이 굿을 하고 있었다. 한 여자가 줄을 건너 낭떠러지에 서서 조용히 기도하고 있었다. 도대체 무엇이 그 사람을 그 벼랑 끝으로 몰았는지 모르겠지만 휘몰아치는 장단에 끌려 나도 모르게 그쪽 벼랑으로 다가갔다. 보기에도 아찔한 벼랑 끝. 시끄러운 징 소리. 난 정신이 아득해지면서 앞으로 발을 내딛고 싶었다. 그 순간 무당이 일어서서 큰소리로 울부짖었고 난 깜짝 놀라 뒤로 돌아서서 비탈길을 달려 내려오기 시작했다. 달리고 또 달리다 발을 헛디디면서 굴러 떨어져 물웅덩이 속으로 빠졌다. 깊은 물속에 널브러져 있던 돼지머리 썩은 것들이 날 향해 떠올랐다. 누군가의 소원을 이루고자 무당이 폭포 위에서 내다 버린 것들이 웅덩이 밑에 가라앉아 있다가 마치 나를 데리러 마중 나온 죽음의 사신처럼 악취와 함께 떠올랐다. 아무리 위로 올라가려고 발버둥 쳐도 해골들이 내 발목을 붙잡았다. 숨이 막혔다. 코와 입으로 물이 들어왔다. 팔을 몇 번 더 허우적거리다가 포기해 버렸다. 그토록 원하던 죽음이 날 반기고 있다고 생각하니 차라리 맘이 편해졌다. 그리고 얼마 지나지 않아 주위가 깜깜해졌다.

정신을 차렸을 때 난 어디인지 몰라서 한참을 생각해야 했다. 그리고 내가 누군지 알 수 없었다. 뭐하다가 정신을 잃었는지는 더 한참을 생각해야 했다. 갑자기 폭포와 해골이 보였다. 난 소스라치게 놀라며 눈을 떴다. 내가 깨어나 제일 첨 본 것은 어떤 자원봉사자의 얼굴이었다. 그 자원봉사자는 내가 깨어나는 걸 기뻐하며 감사의 기도를 드렸다. 물속에서 기절해서 떠다니는 나를 등산 갔다가 내려오는 사람들이 구해 인근 병원에 옮겼다면서 신이 나를 보호해 주셨다고 자원봉사자는 말했다. 난 그 사람한테 귀찮으니 제발 좀 나가 달라고 했다. 난 혼자 남아서 다시 구차한 생명을 연장하며 살아야 한다는 끔찍한 사실에 몸서리를 쳤다. 모진 목숨……. 간호사가 들어와서 이것저것 물어보고 보호자에게 연락할 테니 전화번호를 달라고 했다. 난 고아라서 연락할 사람이 없다고 며칠 몸 추스른 후 떠나겠다고 말했다. 병원은 정황을 볼 때 내가 실족한 것이 아니고 자살을 시도했다고 추측하고 정신과 의사에게 의뢰하여 상담을 하도록 지시했다. 내가 아무리 자살 기도가 아니라고 항변했지만 만약의 경우를 대비하여 몇 차례 상담을 받아야 한다며 심리적으로 안정되지 않으면 퇴원이 불가능하다고 말했다. 난 들춰보기 싫은 내 과거를 숨기고 아무에게 말하지 않았다. 잉크 반점 검사나 인성 검사에서 제대로 답하지 않았더니 거짓말한다고 결과가 나와서 다시 해야 했다. 의사들의 집요한 추궁 덕분에 내 과거는 다시 도마에 올랐다. 계곡 밑에 썩고 있던 돼지 머리처럼 내 가슴 속에 썩고 있던 과거가 시궁창 냄새를 피우며 다시 떠올랐다. 난 모든 상황에 구역질이 나기 시작했다. 어떤 것도 도움이 되지 않았다.

어느 날 한 목사님이 병실로 와서 같이 기도하자고 했다. 난 신을 저주하고 미워한다고 소리 질렀다. 난 사람들을 죽게 만들기 때문에 아무도 진정으로 날 사랑하지 않는다고 말하면서, 내 옆에 있으면 다 다치거나 죽을지 모르니 제발 나가라고 했다. 그러나 그 목사님은 나를 피하지 않았다.

"신은 목적을 가지고 당신을 창조했습니다. 하나님은 항상 당신을 받아들이고 사랑합니다. 인간은 변하지만 신은 변하지 않습니다. 난 당신을 잘 모르지만 하나님은 당신이 어떻게 살아왔는지 잘 알고 있습니다. 여기 책을 한 권 놓아둘게요. 한 번 보세요."

목사는 병실을 나갔다. 난 그 책을 쳐다보지 않고 그 자리에 놓아둔 채 나 스스로 지은 감옥으로 다시 걸어 들어갔다. 이제 정말 아무도 이 문을 열어서 다른 사람을 내 인생에 넣지 않으리라 맘먹었다. 그리고 기회를 봐서 얼른 죽거나 사람들을 피해서 다 정리해서 산속으로 들어가고 싶었다.

그 다음 날에는 문장 완성 검사를 했다.

나의 아버지는 ___이다.

나의 아버지는 주로 ____했다.

나의 아버지는 나를 ___ 대했다.

난 생각나는 대로 아무렇게나 적어서 냈다. 심리 상담사는 나의 답을 보더니, 알 수 없는 미소를 지었다.

"재미있네요. 자신이 쓴 답을 다시 한 번 읽어 보세요."

난 속으로 '뭘 보라고'라고 생각하며 건네주는 답지를 흘깃 들여다 보았다.

"아버지에 대해 모두 부정적으로 썼어요. 이 세상에 가장 극악한 살인마도 몇 가지는 좋은 점을 가지고 있어요. 아버지가 과연 좋은 점이 하나도 없을까요? 그리고 어머니는 아무 잘못 없이 완전히 희생당한 불쌍한 사람으로 적었군요. 과연 어머니는 이 모든 사건에서 잘못한 점이 하나도 없을까요? 어머니는 나쁜 점이 없을까요?"

나도 모르게 그 여자의 말에 집중하고 있었다. '아버지의 좋은 점? 엄마의 나쁜 점?' 아무리 생각해도 아버지는 악마, 엄마는 피해자라는 것 이외에 아무 것도 떠오르지 않았다.

"괜찮아요. 천천히 생각하세요. 그만큼 생각이 굳어 있었다는 말을 하고 싶었을 뿐이에요. 많은 사람들이 이런 식으로 생각하고 살아요. 그렇기 때문에 반목하고 서로를 이해하기 힘들죠. 다음 시간까지 아버지의 좋은 점 하나, 어머니의 나쁜 점 하나를 생각해 오세요." 난 병실로 와서 이틀 동안 그것만 생각했다. 밥이 먹히지 않았다. 다시 상담사를 만났을 때 난 생각나지 않는다고 했다. 그건 거짓이 아니었다. 상담사는 아무 말도 하지 않고 나를 방으로 보냈다. 난 이틀을 또 생각했고 상담사 앞에 가서 또 생각나지 않는다고 말했다. 상담사는 나를 다시 병실로 보내서 일주일 더 생각하라고 했다. 난 이제 육체적으로 건강했기 때문에 병실에 있는 것이 감옥 같았다. 그래서 얼른 빨리 나가려고 일주일이 지났을 때 그저 떠오르는 대로 아무 말이나 지껄였다.

"아버지는 숫자 계산이 정확했다. 그리고 어머니는 물러 터졌다."

"그래요? 놀랍군요. 하나를 발견하는 데 한 달이 걸리는 사람도 있는데 잘 했어요."

"다른 건 없어요? 아버지에 대한 칭찬이나 어머니에 대한 나쁜 점은?"

상담사는 다시 물었다.

난 10분을 조용히 침묵하고 있었다. 상담자는 가만히 나를 지켜보고 있었다.

이틀 후에 상담사가 나를 다시 상담실로 불렀다.

내가 상담실로 갔을 때 그 사람은 나를 조그만 세미나실로 데리고 갔다. 거기에 3명의 사람들이 기다리고 있었다. 사이코드라마를 한다고 말했다. 난 가지가지 다 한다 싶었다. 다리를 꼬고 앉아서 그들이 하는 짓거리를 쳐다봤다. 그런데 놀랍게도 그 사람들이 재현하는 건 아버지가 엄마를 때릴 때와 비슷한 장면이었다. 셋 중에 한 명은 딸 역할을 맡고 있었다. 난 나도 모르게 그 드라마를 집중해서 보고 있었다. 아버지 역할을 맡은 사람은 물건을 부수고 엄마 역할을 맡은 사람을 무자비하게 때렸다. 비명 소리가 방 안 가득 찼다. 세미나실 구석에서 쪼그리고 앉아 덜덜 떨고 있던 딸이 다가와 내 손을 잡고 울며 부탁했다.

"나 좀 도와줘요. 왜 우리 아빠와 엄마는 저렇게 살아요? 제발 뭐라고 해 봐요. 네? 좀 말려 주세요."

절대로 동요하고 싶지 않았지만 가슴이 자꾸만 먹먹해졌다. 난 망설이며 가만히 있으니까, 딸이 다시 부탁을 했다.

"제발 도와주세요. 저 이러다가 죽을지도 모르겠어요. 이렇게 매일 때리고 부수고. 제가 부서질 것 같아요. 아빠가 던진 물건에 엄마가 맞을 때마다 엄마가 죽으면 어떻게 하나 싶어요. 제발 도와주세요. 도와주세요!!! 부탁이에요."

딸은 울며 말했다. 나도 울었다. 엄마 역할을 맡은 사람이 더 크게 비명을 지르고 딸은 더 큰 소리로 소리 질렀다. 난 아무 말도 할 수 없었다. 제발 그만 두라고 토할 것 같다고 소리 지르고 싶었다. 나의 이런 맘은 아랑곳 하지 않고 사이코드라마는 계속 진행되었다. 드라마 속 아버지가 사정없이 여자를 때렸다. 여자는 아프다고 땅에서 뒹굴었고 아버지가 우산을 들고 여자를 내리치려고 하자, 딸 역할을 맡은 사람이 플라스틱 의자를 집어 들어 아버지를 때렸다. 아버지는 그 자리에서 쓰러졌다. 난 도저히 더 볼 수 없어서 그 방에서 나가려고 숨을 헐떡거리며 문고리를 잡았다. 그때 딸 역할을 맡은 사람이 달려와서 내 팔목을 붙잡고 울면서 소리쳤다.

"나 무서워요. 어떻게 해요? 아빠가 꼼짝도 안 해요. 죽었나 봐요. 내가 아빠를 죽였어요. 난 살인마예요. 어떻게 하죠? 어떻게 해요?"

"아니야. 넌 살인마가 아니야. 넌 엄마가 맞아서 죽을까 무서워서 아빠를 때린 거야. 네가 아빠를 죽이고 싶어서 죽인 게 아니잖아. 일을 이 지경으로 만든 건 이 두 사람이지 너의 잘못이 아니야."

내가 겁에 질린 딸을 안아줬다. 상담사는 극을 정지시켰다.

"본인 입으로 말했죠? 아버지의 죽음은 딸의 잘못이 아니라고. 인정하세요?"

"예. 딸의 잘못이 아니잖아요. 어머니가 맞아 죽을지도 모르는데 어떻게 가만히 있겠어요?"

"맞아요. 딸의 잘못이 아닌 것처럼, 당신 아버지의 죽음도 윤정아 씨의 책임이 아니에요. 이 여자를 용서한 것처럼 자신을 용서하세요."

"제 말은 극 중의 딸한테 한 말이죠. 제가 아니라……."

왠지 자꾸 눈물이 나왔다.

"그 딸이 바로 당신이에요. 당신 입으로 극 중 딸에게 죄가 없다고 말했듯이 당신은 죄가 없습니다. 다른 사람은 너그럽게 이해하고 용서하면서 왜 스스로를 용서하지 못하죠? 자신에게 너무 가혹한 잣대를 대지 마세요. 상황을 제대로 아는 사람은 그 누구도 당신을 범죄자로 생각하지 않아요. 사고였어요. 사람들이 위협적인 상황에 반복 노출되면 위축되고 제대로 생각하기 힘들어요. 아마 아버지와 어머니도 그랬을 거예요. 다른 사람의 도움이 필요한데 도움을 청하지 못한 거예요.

지금 당장은 용서하기 어렵지만 차츰차츰 용서해 줄 수 있을 거예요."

상담사는 내 손을 잡았다. 난 그 손을 뿌리치고 병실로 돌아왔다. 손가락도 까딱하지 않고 침대에 누워서 앞 빌딩 유리벽에 반사된 햇빛 조각만 뚫어져라 바라보았다. 속이 울렁거렸다. 가슴이 답답해서 계속 주먹으로 가슴을 쳤더니 감각이 무뎌지는 것 같기도 했다. 가슴에는 시퍼렇게 멍까지 들었지만 난 멈출 수 없었다. 허리가 아파서 몸을 돌렸을 때 목사님이 두고 간 책이 보였다. 그 동안 손끝도 대지 않았던 책을 읽기 시작했다. 아들이 물에 빠진 걸 구하러 갔을 때 막내딸이 유괴되어 살해당한 것이 마치 자신의 잘못 같아서 평생 죄책감을 안고 살아가는 주인공 아버지 이야기가 마치 나의 삶 같았다. 부모가 자식을 용서하듯이 인간을 용서하는 신에 대한 이야기를 들었을 때, 난 어머니가 왜 자기를 때린 아들을 보호하기 위해 거짓 유언을 남기고 죽었는지 비로소 이해할 수 있었다. 어머니는 어리석었지만 자신에게 잘못한 아들을 마지막 순간에도 버릴 수 없었던 것이었다. 그리고 아버지를 죽인 나의 잘못도, 어머니의 자살을 막지 못한 나의 비겁함도 부모님과 신은 이미 다 용서하고 있었다는 걸 그제야 알 수 있었다. 나를 이용하고 버린 김정호가 나쁜 사람이지, 그로 인해 신이 준 내 존재의 가치까지 김정호 마음대로 더럽힐수 없다는 걸 알 수 있었다. 난 밤새도록 울었다. 돌아가신 분에 대한 미안함, 과거의 두려움과 수치심이 신의 사랑과 자비 속에서 녹아내리고 있었다. 내가 어두운 감옥에서 힘들어 할 때 신은 저 넓은 곳에서 나를 계속 부르고 계셨다는 걸 알았다. 그 다음 날 목사님이 왔을 때 난 책을 돌려주며 감사의 맘을 표시했다. 그 목사님은 기뻐하면서 건강하고 힘찬 삶을 되찾고 힘들면 언제든지 당신의 교회로 찾아오라고 말했다.

가게를 닫은 지 3주 만에 다시 문을 열었을 때, 제일 먼저 이시경이 찾아 왔다. 몇 번이나 전화를 하고 또 했다면서 걱정스러운 표정으로 나를 바라보던 그 사람이, 반가움과 그리움이 북받쳐 나를 안고 조용히 눈물을 흘렸다. 나는 더 이상 거부하지 않았다. 그저 그의 품이 따뜻하다는 생각만 했다.

서울에서 몇 달 간 더 상담을 받았다. 힘들고 어려운 과정이었지만 이걸 거치지 않으면 미래가 없다는 걸 알기 때문에 힘든 시간을 이겨 냈다. 그리고 나 스스로 정리하고 치유하면서 이시경에게 내 아픈 과거를 모두 털어 놓았다. 그는 모든 걸 이해하면서 나를 있는 그대로 받아 주었다. 우리 둘은 결혼식을 올리고 부부가 되었다. 결혼식 날 그가 교수님께 특별히 부탁을 드렸다. 교수님은 주례사 대신, 넬슨 만델라가 27년 동안 침침한 감옥에서 자신을 채찍질하기 위해 읊조리고 또 읊조렸던 윌리엄 어니스트 헨리의 인빅투스(Invictus: 굴하지 않는)를 읽어 주었다.

나를 감싸 덮는 밤,
칠흑같이 어두운 밤에,
난 어떤 신에게든 감사의 기도를 드린다.

내게 굴하지 않는 영혼을 주셨음을…….

삶의 잔인한 움켜짐 속에서,

난 움츠러들거나 소리 내어 울지 않았다.

위험이 몽둥이질하며 쫓아와

내 머리에 피가 흘러도 난 굽히지 않았다.

분노와 눈물의 땅 뒤쪽에

어둠의 공포가 어렴풋이 보이고,

오랜 재앙의 세월이 흘러도

결코 나는 두려워하지 않으리라.

문이 아무리 좁더라도,

명부에 형벌이 아무리 많이 적혀 있더라도,

오직 나만이 내 운명의 주인이며,

오직 나만이 내 영혼의 선장이다.

물론 과거는 불쑥불쑥 나를 찾아왔다. 전에는 이 반갑지 않은 방문자를 피해 무조건 도망치려고 했지만 지금은 '아, 너 거기 왔니? 오늘은 무슨 이야기를 하고 싶니?'라고 이야기를 걸며 태연하게 맞이할 수 있다. 때로, 남편과 딸아이가 있어도 몸서리치도록 두려울 때도 있지만 그런 날은 조용히 혼자 산책을 나갔다. 푸른 하늘에 떠가는 구름이 보이고 보도블록 사이에 끈질기게 피어난 잡초들도 보였다. 놀이터에는 아이들이 뛰어 놀고 배고픈 고양이는 쓰레기통을 뒤적였다. 바람 한 줄기가 뺨을 스치고 지나가면 맘이 다시 편안해졌다.

부모 없이 자라난 우리 두 사람은 서로에게 부모가 되고 고향이 되었다. 믿음으로 내 곁을 지켜주는 남편을 볼 때마다 내 가슴은 감사와 사랑이 넘쳐 났다. 그가 아니었다면, 나라는 여자는 평생 누구한테도 사랑받지 못한다는 자괴감을 안고 외로운 도시의 어딘가에서 일찍 생을 마감했을지도 몰랐다. 엄마 노릇도 제대로 못하는데 씩씩하고 밝게 자라주는 내 딸을 보면 신의 은총이 우리의 삶을 감싸고 있는 것이 느껴졌다. 난 매일 신께 감사의 기도를 드렸다.

"주님, 장미꽃을 피워 주셔서 감사합니다. 가시를 돋게 하고 벌레가 기어 다니게 해 주셔서 감사합니다. 겨울이 되면 모든 잎을 떨어뜨리고 홀가분하게 빈손으로 추위를 견디게 해 주셔서 감사합니다."

편지

일기장의 제일 뒤에 윤정아의 딸이 쓴 편지가 있었다.

아저씨, 난 엄마가 남긴 글을 읽고 다시 태어나는 기분이 들었어요. 제가 아무렇지도 않게 누려온 가정의 행복과 평화가 그냥 온 것이 아니란 걸 깨달았거든요. 제 부모님들이 그렇게 어렵게 일궈온 터전에서 난 얼마나 편히 살아왔나 싶어요. 저는 엄마의 일기장을 읽으면서 부모님은 단순히 재산만 남겨주는 것이 아니라 삶의 정신과 태도까지 남겨준다는 걸 알게 되었어요. 엄마가 남겨준 금을 팔아서 가정폭력 예방 단체에 기부했고 이제 방학이 오면 해비타트에 참여하여

집을 지으러 갈 거예요. 아빠처럼 내가 짓는 이 집에서 가족들이 진심
으로 행복하기 바라며 열심히 집을 지을 거예요.

제가 아저씨께 이 일기장을 보내는 이유는 살면서 단 한 번이라도
엄마한테 진정으로 미안한 맘을 가져줬으면 하는 바람이 있기 때문
이랍니다. 이미 엄마는 용서하셨고 이제 아저씨가 미안한 맘이 들어
도 직접 말로 할 수 없지만 진심은 어떻게든 통한다고 믿으니까요.
부탁드려요.

- 이지연 드림

　　윤정아의 글을 읽으면서 김정호는 일순간 이지연이 자신의 딸이 아
닌가라는 생각이 들었다. 하지만 자신은 아들을 낳자마자 정관 수술을
했기 때문에 그건 논리적으로 아니라는 생각이 들었다. 이지연이 자신
의 딸이 아니라서 정말 다행이라는 생각이 들었다. 통장에 쌓인 돈 이
외에는 남긴 것이 아무 것도 없었기에, 부끄러운 자신의 자식이 아니어
서 다행이었다. 태어나서 처음으로 윤정아에게, 아내에게, 자식들에게,
그리고 자신을 스쳐간 많은 사람들에게 미안하다는 생각이 들었다. 회
사에서 해고당했을 때도, 췌장암이라는 말을 들었을 때도, 항암이 효과
가 없을 때에도, 세상 사람들이 아무도 자기를 찾아와 주지 않을 때에
도 흘리지 않던 눈물이 김정호의 주름을 타고 흘렀다.

　　새벽에 김정호의 아들이 한국에 도착했다.

　　아들이 병실을 찾았을 때 그는 이미 죽어 있었다. 하지만 눈물 자국
이 말라붙어 있는 김정호의 얼굴은 이상하게 편안해 보였다.

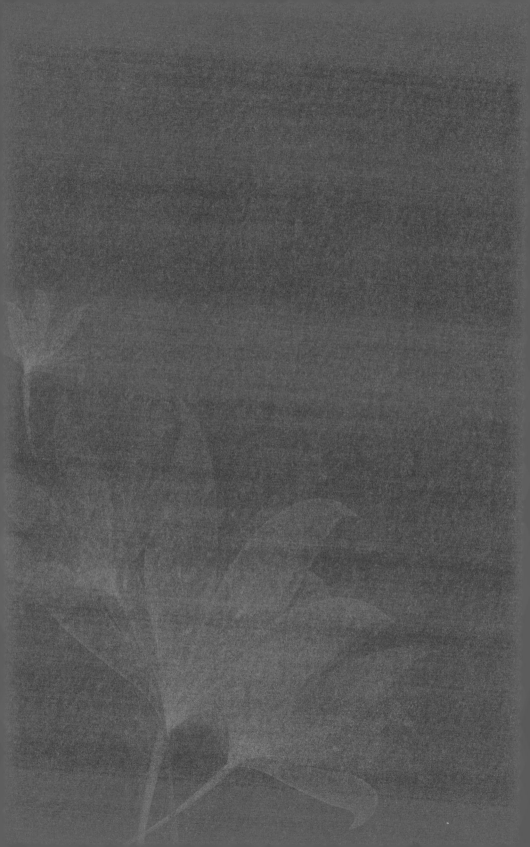

흙은
거짓말을 하지
않는다

햇볕에 시뻘겋게 탄 얼굴로 씩씩거리면서 와이셔츠를 벗어 갈기갈기 찢어서
쓰레기통에 집어넣겠지. 그리고 샤워를 하려고 물을 틀면 가슴 한 곳이 마치 불에 덴 듯
이 아팠으리라. 물을 끄고 거울에 가슴을 비춰보면 조그맣게 새겨진 문신을 발견했을
것이다. '불륜남. 개새끼'

외로움

난 노처녀다. 요즘은 골드 미스가 많아졌다고 하지만 난 그중에서도 나이가 많은 노처녀다. 난 지금까지 살면서 제대로 연애를 해 보지 못했다. 내가 골똘히 생각해 봤는데 그 이유는 남자들이 나를 여자로 보지 않기 때문인 것 같다. 연애 잘하는 여자들을 보면 간드러지게 웃으면서 몸을 배배 꼬거나 옆에 있는 남자의 어깨를 살짝살짝 때리기도 하는데 난 그런 건 죽어도 못한다. 이건 어제 오늘 생긴 성격이 아니다. 난 어릴 때부터 애교와는 거리가 멀었다. 수다스럽지도 않았다. 엄마는 동생들 돌보기에 바빴고 난 혼자서 강아지와 놀고, 책 보고, 찰흙으로 여러 가지 동물을 만들며 하루를 보냈다. 대학교 다닐 때도 남자 후

배들은 한 번도 나를 '누나'라 부르지 않았다. 그냥 '선배' 또는 '형'으로 불렀다. 회사에서도 점점 나이가 많아지면서 나이 어린 신입 사원들이 나를 또다시 '형'이라고 불렀다. 나이 많은 아저씨는 나를 '아우' 또는 '동상'이라 불렀다. 내가 아무리 남자들과 어울려서 떡이 되도록 술을 마시고 놀아도 남자들은 나를 건드리지 않았다. 시체가 된 나를 집까지 질질 끌어다 놓으면서도 건드리지 않았다. 행여 널브러진 여자를 건드리고 싶은 생각이 안 들었냐고 물어보고 싶을 정도로…….

가끔 거울을 들여다보면 난 내가 다리도 길고 몸매도 좋다고 느낀다. 얼굴은 좀 안 예쁘지만 나름 지적으로 생겼는데 남자들한테 왜 안 먹히는 걸까? 그건 분명 내가 남자를 남자로 보지 않기 때문일 거다. 가끔 나도 여자라고 남자들이 술 많이 먹고 기대거나 안거나 하면 난 허허허 웃는다. "그래 외롭구나. 이리와" 이러면서 안아준다. 이게 나의 술자리 비책이었다. 그래서 그 사람들은 나를 여자로 보지 않았다. 이런 모든 이유로 난 남자가 바람을 피우는 건 여자가 꼬드기기 때문이라고 결론을 내리곤 했다. 남자들은 천성적으로 다른 여자한테 껄떡거리게 되어 있다. 어느 남자도 예외를 보지 못했다. 그게 남자다. 거기에 여자가 어떻게 반응하느냐에 따라 남·녀 관계가 이루어진다. 그게 내 결론이다. 다른 사람들이 아니라고 할지 모르지만, 난 내 경험으로 미루어봤을 때 100% 확실한 일이었다. 그 여자들의 행동거지가 단정하지 못해서, 혹은 자기들도 그 남자와 잘해 보겠다는 생각이 있기 때문에. 바람은 100% 여자가 잘못해서 나는 것이며, 난 속으로 그런 여자들을 경멸하고 더럽다고 욕했다. 내가 그 남자를 만나기 전까지…….

5년 전에 그 남자를 만났다. 그때는 결혼은 고사하고 연애도 제대로 못하는 여자가 느끼는 외로움이 극한에 달하는 그런 시기였다. 나도 매 달 생리를 하고 나이가 들어 탱탱함이 좀 줄기는 했어도 가슴도 있는 여자의 몸인데 아무한테도 보여주지 못하고 만질 사람도 없다는 사실 이 진짜 억울했다. 물론 평상시에 활기차게 잘 살다가도 가끔은 의학의 도움 없이는 아기를 낳을 수 없는 나이까지 되어 버린 내 자신이 불쌍 하게 느껴졌다. 점심을 먹고 나오는데 회사 여직원이 대뜸 물어왔다.

"요즘 사귀는 사람 없어?"

"야, 뻔한 걸 왜 묻냐? 있으면 당장 있다고 했지."

"거기에 거미줄이 쳐졌겠다. 만약 남자가 같이 자려면 거미줄 걷어 내느라고 정신없겠는 걸. 응차응차!"

손짓까지 곁들여서 걷어내는 시늉을 내자 다른 여자 동료들이 까르 를 웃었다. 나도 따라서 깔깔대며 웃었지만 속으로 맘이 영 편하지 않 았다. 빌어먹을……. 난 차라리 수녀나 여승이 될 걸……. 사람들이 늙 은 수녀나 여승한테 이따위 농담을 하지는 않겠지 싶었다. 내 불쌍한 청춘이 이렇게 아무 일도 없이 저무나 싶어 서글펐다.

그 당시 난 사람들과 술을 자주 많이 마셨다. 집에 가 봤자 아무도 없고 덩그러니 비어 있는 방들이 괴기스럽게 나를 맞이했기에 집보다 술자리가 좋았다. 친구들도 거의 다 시집가서 여자끼리 같이 저녁 먹고 수다 떠는 일도 줄어들었고, 가끔 만나면 아기 이야기, 남편 욕과 자랑, 시댁 욕으로 가득한 대화는 재미없고 끼기도 힘들었다. 주말이 되면 누구도 전화하지 않고 전화할 곳도 없었다. 가끔은 금요일 저녁부터 월요일 아침에 출근할 때까지 한 마디도 못하고 지내는 경우도 있었다. 전화번호부를 '가'부터 '하'까지 'A'부터 'Z'까지 열심히 뒤져봐도 휴일에 전화 걸 수 있는 사람이 없었다. 그러다가 스팸 문자가 하나 와도 내가 살아 있는 것 같아 반가운 심정을 이해하려나? 가끔은 밤이 되면 세상에서 홀로 남겨진 것 같았다. 밝은 불빛이 내비치는 다른 집은 왁자지껄 시끄럽고 재미있는데 난 세상과 차단되어 혼자 남겨진 것 같았다. 형언하기 힘든 서러움과 외로움이 북받쳐 올라 구석에 쪼그리고 앉아 엉엉 운 적도 많이 있었다. 연휴가 오면 더 심했다. 최고 기록은 10일이었다. 아무하고도 말하지 않고 집에 있다가 휴가가 끝나고 회사에 오니 누가 말을 걸었다. 입에 곰팡내가 진하게 피어나고 사람들 말이 윙윙거리면서 마치 벌이 날아 다니는 소리처럼 멀리 들렸다. 벙어리가 되면 이런 기분이 들까?

난 혼자 있기 싫어서 술자리가 있으면 자주 따라갔다. 딴사람들이 빠꼼이라고 생각할까 봐 가끔은 맘이 불편했지만, 매일 저녁 청승맞게 집에 일찍 가서 울적해 하는 것보다 나았다. 사람들 사이에 앉아 떠드는 걸 구경하고 있는데, 평소에 귀여워서 맘에 들어 하던 그 남자가 내 앞으로 술잔을 들고 왔다. 그는 약간 부끄럼도 타고 성격도 순하고 장난기도 있었는데 심지어는 잘생기기까지 해서 완전 내 타입이었다. 그날따라 술을 좀 많이 마신 내가 그 남자한테 들이대고 있었다.

"차장님은 딱 내 타입이야. 내 이상형이야. 유부남만 아니었으면 얼마나 좋아."

"과장님도 제 이상형이에요. 난 맘 약해서 할 말도 못하고 사는데 누구한테나 할 말 다 하고 똑 부러지게 일 잘하고."

그도 웃으면서 대답했다. 순간 맘이 쿵하고 떨어졌다. 내 짧은 평생에 나를 이상형이라고 말하는 놈을 다 만나다니…….

몇 번 되지도 않지만 난 어디를 가면 그 그룹에서 가장 찌질한 놈이 나를 좋다고 했지, 한 번도 내가 호감을 가지던 남자가 나를 이상형이라고 말하는 경우는 없었다. '흠, 웬 횡재? 인생 뒤늦게 완전 대박' 뭐 이런 느낌?

그 남자는 내 앞에 앉아서 재잘재잘 이야기를 많이 했다. 평소에 서로 이야기도 별로 안 나눴는데 우리는 아주 친한 사람처럼 이야기했다. 그는 요즘 아내와 사이가 안 좋아서 힘들다며 털어놓았다. 난 그 남자의 말이 이상하게 안심이 되고 관심이 갔다. 애는 아내를 주고 이혼할까 싶은데 의논할 대상이 없다면서 비밀을 잘 지키고 이해심이 많을 것 같은 나한테 맘을 털어놓고 싶다고 말했다. 특히 자기와 비슷한 연배라서 말이 잘 통할 것 같다며…….. 난 열심히 그 남자 이야기를 들어줬다. 그는 주절주절 이야기를 다하더니 앞으로 좋은 친구로 지내자는 말까지 했다. 난 기분이 좋아서 그러겠다고 했다.

1차가 끝나고 2차를 가기 위해 나갈 때였다. 우리 둘은 제일 안쪽에 있었기 때문에 사람들이 다 나갈 때까지 기다리고 있었다. 우리 둘만 남게 되자 갑자기 그 남자가 나한테 다가오더니 이마에 키스를 했다.

"친구 사이는 이렇게 키스를 해도 되는 거야."

온몸에 전율이 흘렀다. 남자가 나를 만진다는 느낌이 이렇게 정신없어지는 거란 걸 처음 알았다.

2차에 가서 난 그 남자 옆에 앉아 있었다. 그와 약간씩 무릎이 마주칠 때마다 오금이 저렸다. 왜, 영화를 보면 탁자 밑에서 여자와 남자가 발로 장난치는 모습이 나오는데 그 기분이 어떤지 알 것 같았다. 술자리를 마치고 집에 갈 때 그 사람은 집이 같은 방향이 아닌데도 나를 태워 주겠다고 나섰다. 소개팅을 하거나 선을 볼 때도 내가 씩씩해 보였는지 아무도 집까지 바래다준 적이 없었는데 처음으로 누가 나를 집까지 바래다준다고 하니 기분이 묘했다. 누군가 신경 써준다는 건 기분 좋은 일이란 것도 처음 알았다. 그 사람은 집 앞에 차를 세우더니 잠시 머뭇거리다가 내 손을 잡고 잘자라고 말한 후 뺨에 키스하고 집으로 갔다. 첫날부터 나한테 짐승처럼 덤비지 않고 첫 데이트를 하는 것처럼 잘 대해주는 그 사람이 썩 괜찮은 놈으로 느껴졌다. 난 침대에 누웠지만 잠이 오지 않았다. 마치 따뜻한 바닷물 위에 둥둥 떠다니는 듯한 기분이 들었다. 천장이 파란 하늘처럼 보이고 흰 구름까지 떠도는 것 같았다.

황-홀.

난 밤새 뒤척이며 잠 못 이뤘다.

뭔가 어정쩡한 관계

난 회사를 갈 때마다 그 사람에게 신경이 쓰이기 시작했다. 아무리 일하려고 해도 그가 뭐하고 있는지 나도 모르게 자꾸만 신경이 쓰였다. 제기랄, 총각이었으면 좋았을 텐데……. 난 남자 복이 지지리도 없다 싶었다. 그 사람과 그런 일이 있고 난 후 나는 더욱 자주 메신저를 했다. 그 남자는 아내와 싸운 이야기, 상사 욕에, 부하 욕도 하고 회사 기밀까지 털어놓았다. 전화를 한 적은 거의 없었고 주로 메신저나 문자 메시지로 뭐했는지 물어보면서 서로 이야기를 나누었다. (지금 생각하면 전화는 너무 티가 나기 때문에 주변 사람이 신경 쓰여서 하지 않았던 것 같다.)

처음에 나와 그 남자는 정말 좋은 친구처럼 만났다. 둘 다 같은 술자리에 참석했다가 돌아가는 길에 데이트를 했다. 여자만 보면 덤비는 그런 남자와 달리 항상 뒤에서 보이지 않게 돌봐주고 회사에서 문제가 생기면 메신저로 격려해 주는 그가 어느새 나한테는 아주 소중한 사람으로 자리 잡게 되었다.

회사에서 나는 내 자신이 더듬이를 길게 뻗은 달팽이처럼 여겨졌다. 눈에 보이지 않는 더듬이로 그 남자만 찾았다. 그가 점심은 누구하고 먹는지, 스쳐 지나다가 자리에 없으면 미팅을 갔는지, 사람들이 그 남

흙은 거짓말을 하지 않는다

자에 대해 무슨 말을 하는지, 하루 종일 그 사람 생각만 하는 하등 동물로 변해갔다. 매일 그 남자와 같이 있고 싶고 돌봐주고 싶었다.

그날도 둘이 같이 술자리에 갔다. 다른 사람들이 있어서 마음대로 이야기를 하고 좋아하는 티를 낼 수 없어서 급한 마음에 술을 계속 마셨더니 술자리가 끝날 무렵 내가 많이 취해 있었다. 그 남자는 예상했던 대로 나에게 다시 차를 태워준다고 했다. 하지만 그 남자도 술을 많이 마셔서 대리를 불렀다. 둘 다 몽롱한 상태로 앉아 있는데 그 남자가 내 손을 만졌다. 난 가만히 만지는 대로 두었다. 그러더니 대리 기사가 있는데도 상관없이 나를 끌어당겨 입에 키스하기 시작했다. 대리 기사가 모르는 사람이라는 이유로 그 정도까지 대담해질 줄이야……. 대리 기사가 앞에서 차를 모는데도 나는 그 상황이 느껴지지 않았다. 그동안 그 사람의 손길이 너무 그리웠기 때문에 남이 쳐다보든 말든 아랑곳 하지 않고 키스하기에 바빴다. 거의 삼 십 분을 차 안에서 뒹군 후에 집에 도착했다. 완전히 젖어버린 내 몸은 그 사람을 받아들이려고 활짝 열려 있었다. 난 그 사람이 내 아파트에 올라가서 같이 잘 줄 알았다. 그런데 예상 밖으로 그 사람은 나를 집 앞에서 내려주더니 그냥 차를 타고 갔다. 시위를 향해 날아가던 화살이 중간에 툭 떨어지는 것처럼 황망한 기분이 들었다.

그 이후로 우리는 들킬까 봐 아주 조심스럽게 만났다. 가끔 둘이서만 저녁을 먹거나 몰래 집에 데려다 줄 때마다 키스를 하느라 정신이 없었다. 그러던 어느 날 한적한 곳에 차를 세운 그 사람이 말했다.

"널 사랑해. 세상에서 너와 있는 게 제일 편하고 좋아. 너도 내가 좋아?"

내가 그렇다고 말하자 그 남자가 나를 껴안고 키스했다. 그리고 블라우스 단추를 하나씩 열더니 가슴에 키스를 하고 치마를 끌어올렸다. 좁은 차 안에서 그 남자와 나는 한 몸이 되었다. 그 남자는 격정의 시간이 지나자 나를 따뜻하게 안아주었다. 희미한 땀 냄새가 전해지는 그의 품이 나에게 천국처럼 느껴졌다. 난 내 몸을 열면서 한 번도 열어 보인 적 없었던 내 마음까지 그 남자한테 주었다. 그는 나의 첫사랑이었다. 그 당시 난 그 사람을 너무 사랑해서 그가 유부남이라도, 조폭이라도, 마약 중독자라도, 성전환 수술을 한 여자라고 해도 상관없을 것 같았다.

그날 이후 꽤 오랫동안 그가 따로 만나자고 말하지 않아서 나는 자존심이 상했다. 한 번 자고 나서 나를 쉬운 여자로 알고 마음이 변했을까, 나와 자는 것이 별로였던 것일까, 이제 더 이상 나와의 관계를 원하지 않는 건지 의심스러웠다. 계속 연락하는 걸로 보아 관계를 끝내고 싶어 하지는 않는다는 것만 짐작할 수 있었다.

난 애교도 못 떨었지만 남자한테 부탁하는 건 더 못했다. 그 사람이 더 자주 전화하고 만나주길 바랐지만 자존심이 상해서 그런 말을 못 했다. 그동안 혼자서 잘 살았는데 어쩌다가 이런 불륜이라는 더러운 관계에 걸려들었는지, 어리석은 나 자신에게 화가 나서 집에서 컵을 집어 던진 적도 있었다. 하지만 난 어차피 결혼을 할 자신도 없었고 결혼해도 행복하다고 믿지도 않았기 때문에 그 사람이 어느 정도 챙겨주면 그냥 정부로 살아도 좋을 것 같았다. 지금 생각하면 미친 것 같은데 그때는 그 귀여운 남자를 너무 원했기 때문에 그런 생각까지 들었다. 한 남자와 한 여자가 너무 오래 살아야 되는 결혼 제도가 잘못된 거라는 생각까지 들었다. 10년에 한 번씩 짝을 바꾸어서 나처럼 혼자 사는 사람한테도 기회가 와야 된다는 생각도 들었다. 또 무슬림 사회에는 일부다처제가 허용되고 오히려 권장된다는데 이건 순전히 대한민국 사회가 나한테 형벌을 주는 것 같다는 생각도 했다. 셋 다 개종을 해서 이슬람교를 믿으면 모든 문제가 해결될 텐데……. 사이좋게 나눠 살기…….

*

　내가 혹시라도 둘이서만 만날 수 있나 물어보면, 늘 그런 식이었다.
　"나 너무 바빠. 넌 편한 일을 하고 있는지 몰라도 난 달라. 눈코 뜰 새 없이 바빠. 미팅도 얼마나 많은지. 그리고 남자들한테 술 마시는 건 일이야. 회사를 옮기는 경우가 발생해도 여러 사람 알아두어야 하고, 회사에서는 아래 부하들을 챙기고 상사도 챙겨야 살아남는 거야. 내가 성공하는 것 싫어?"
　난 내가 여자이기 때문에 남자의 세계를 이해하지 못하나 싶어서 그를 이해하려고 무척 노력했다. 그래도 맘 한 구석에는 나도 저 놈 못지않게 회사에서 열심히 일하고 대외적으로 여러 사람 만나는 일을 하고 있지만 이렇게 둘만의 시간을 못 내는 건 성의가 없어서 그런 거라는 생각이 자꾸만 들었다. 하지만 목마른 사람이 우물 판다고 나는 어떻게

든 그 남자와 같이 있고 싶어서 그가 가는 술자리에 자주 따라 다녔다. 주책스럽다는 소리도 듣고 쪽도 팔렸지만, 그렇게 따라가면 집에 갈 때는 그 남자가 나를 태워주기 때문이었다. 그러나 그것도 가끔은 다른 여직원들까지 다 태워주고 마지막으로 내 아파트 앞에서 차를 세우고 1시간 정도 키스하거나 그 남자가 원할 때만 차 안에서 몇 번 섹스를 했다.

만난 지 약 3개월 정도 지나자 그 사람은 더 이상 같이 자지 않고 키스만 하려고 했다. 가끔 옷 속에 손을 넣어 가슴을 만지기는 했지만 자려고 하지 않았다. 난 육체적으로도 그 사람을 원했다. 그래서 그런 내 모습을 못 본 척하는 그 남자가 야속하고 자존심이 상하는 경우가 많았다. 한 번은 큰맘을 먹고 물었다.

"오늘 난 같이 자고 싶은데 넌 어때? 내 아파트에 올라가자."

그 남자는 심각한 얼굴로 날 쳐다보며 대답했다.

"너 혼자서 살고 있는데 주변 사람이 봐도 그렇고, 소문이 나쁘게 나면 어떻게 하나? 난 널 존중해 주고 싶어. 자주 같이 자면서 너무 깊이 육체적으로 들어가면 넌 이 관계에 대해 죄책감을 느낄 거야. 불륜이라고 생각되고. 지금 이렇게 만나면 불륜이니 그런 것 없이 그냥 아주 좋은 애인 같은 친구로 생각할 수 있잖냐? 정신적으로 위해 주고 사랑하는 사람으로 있을 때가 가장 좋은 거야. 때가 되어 이혼하게 되면 그때 같이 자자."

"육욕만 난무하는 그런 관계 말고 편한 친구 관계가 더 좋지 않아?

이렇게 서로 이야기하고 서로 아껴주는 관계가 훨씬 더 오래가지. 넌 내 영혼의 반려자야. 넌 처녀니까 다른 사람 눈도 신경 써야 하고. 육체적인 건 키스로도 충분하잖아."

그는 종종 그렇게 말하곤 했다.

"응 나도 육체적으로만 묶인 관계는 너무 싫어."

나는 순진하게 대답했다. 그때는 나는 이 남자가 나를 진정한 인격체로 존중해 준다고 생각했다. 이혼한 뒤 나와 결혼을 하면 육체적 관계를 더 가질 거라고 생각하는 책임감 있는 남자로 생각했다. 난 그런 그 사람의 모습이 듬직하고 좋았다. 난 몇 번 밖에 같이 자지 못했지만 그가 정신적으로 연결된 소중한 애인이라고 믿었다.

열심히 사는 남자?

평소에는 몰랐는데 점심시간에 동료들과 밥을 먹는데 여자 직원들이 그 남자 이야기를 많이 한다는 걸 알았다. 그 남자는 아침마다 어떤 여자 직원을 회사에 태워 주고 있었다. 난 그 이야기를 듣는 순간 화가 머리끝까지 치밀어 올랐다. 밥이 목구멍으로 넘어가지 않고 온몸이 경직되는 느낌이 들었다. 질투심이 분노로 변해 위장과 목구멍을 쪼아서 피가 나는 것 같았다. 나는 도저히 그 자리에 있을 수 없어 바쁜 일이 있는 것처럼 숟가락을 놓고 먼저 나와서 회사에서 멀리 떨어진 빌딩으로 가서 혼자 담배를 피웠다. 한 번에 3대 정도 피고 나니 비로소 마음이

가라앉았다. 비가 금방이라도 떨어질 듯 어두운 잿빛 하늘이 눈에 들어왔다. 같은 방향으로 오는 여직원을 태워주는 건 흔히 있는 일인데 왜 그런 일로 화가 머리끝까지 났는지 스스로가 이해가 되지 않았다. 다만, 일주일에 몇 분이라도 둘이 같이 있기 위해 모르는 사람들 사이에 끼어서 어색하게 술을 마시던 내가 그 여자보다 훨씬 못한 처지인 것 같아 불쌍하게 느껴졌다. 도대체 이 남자는 어떤 이유에서 이렇게 친절한 걸까? 그날 저녁 때 그 남자가 전화했다.

"그 여자 직원 아침마다 태워주는 것 맞아?"

물어보니 맞다고 대답했다.

"기분이 별로 안 좋네. 난 네가 바빠서 어떻게든 같이 있으려고, 있는 술자리 없는 술자리까지 따라 가는데……."

나는 말꼬리를 흐렸다.

"아침에 지하철이 너무 복잡해서 태워달라고 하는데 어떻게 안 태워준다고 해? 그것도 내 집 앞에까지 와서 기다렸다가 타고 오는데."

"나를 위해서 안 태워 주면 안 되나? 무지 신경 쓰여. 그 여자와 아침마다 무슨 이야기하는지도 궁금하고. 내 맘을 왜 그렇게 몰라."

"난 운전만 하고 그 여자하고 이야기 한 마디도 안 해. 쓸데없는 것에 신경 쓰지 마."

전화가 바로 끊어졌다. 그 사람은 내가 느끼는 질투를 전혀 이해하지 못했다. 난 그런 대화를 나눠야 하는 자체가 더럽고 치사해서 더 이상 말을 꺼내지 않았고, 맘 약한 그 남자는 계속 여자를 태우고 출근했다. 그런데 다행히 한 달 뒤에 그 여자가 이사를 가서 더 이상 걱정하지 않아도 되었다.

　그 사람은 부하 직원들이 밥 사달라고 몇 번만 조르면 무슨 죄 지은 사람 마냥 즉각 사줬다. 자주 같이 밥 먹고 술 마시며 친해지니까 작업 지시를 내려도 부하 직원들이 맘에 안 든다고 소리를 지르고 대드는 경우도 있었다. 가끔은 저 년놈들을 내가 대신 다 패주고 싶다는 생각도 들었다. 내가 가장 소스라치게 기겁했던 일은, 여자 직원들이 사무실에서나 술자리에서 이 남자 어깨에 팔을 두르거나 팔짱을 끼는 건 물론, 허벅지에 손 올리고 있어도 아무 말 안 하고 웃으며 이야기한다는 사실이었다. 도대체 미친 년놈들 같았다. 내가 버젓이 보고 있는데 왜 여자들이 그렇게 하도록 내버려두는 건지 그 남자한테 화가 머리끝까지 났다.
　"여자들이 그렇게 하면 기분 좋아?"
　"안 좋아. 당연히 안 좋지. 그런데 별 뜻 없이 하는 행동인데 내가 굳이 밀쳐내면 꼴이 우습잖아. 그냥 자연스럽게 나오는 행동인데."
　"그게 어떻게 자연스런 행동이냐? 그 여자들은 다른 남자 직원들한테 그렇게 행동하지 않아. 넌 행동거지가 단정하지 못한 것 같아. 내가 다른 남자와 그럼 좋겠냐? 도대체 넌 그런 여자들하고 무슨 관계야?"
　내 말에 그 남자는 아주 싸늘한 미소를 지었다.
　"왜 그렇게 민감하게 굴어? 관계는 무슨 관계야 그냥 동료지. 그 사람들은 나를 편하고 좋은 동료로 생각하는 거야. 도대체 뭘 알고 싶은데?"

난 기가 막혀서 아무 말도 할 수 없었다. 그 남자 옆에 있는 여직원들을 다 해고시키고 싶다는 생각만 들었다. 제기랄.

"난 이렇게 사람들한테 숨기고 정부로 사는 것 싫어. 아무래도 떳떳하지 못한 행동이야."

"네가 어떻게 정부야? 넌 내가 사랑하는 사람이지. 정신 차려. 정부는 육체적으로만 좋아하는 그런 여자를 정부라고 하지. 넌 내가 믿고 좋아하는 사람이야. 그 차이를 몰라? 난 너한테 미안한 짓 안 하니까 걱정 붙들어 두시지."

그는 집에 도착해서 나를 꼭 안아 주고 열렬하게 키스해 주었다. 난 그 남자한테 이혼을 빨리 하라고 말하고 싶었지만 못했다. 속으로 갈망하는 건 많은데 말도 제대로 못하니 밤이고 낮이고 자꾸 목만 말랐다. 그래서 연일 술만 마셨더니 애꿎은 위장만 죽어났다.

한 번은 그 남자와 점심이라도 같이 먹으려고 메신저로 연락을 했더니 약속이 있다고 했다. 자존심이 팍 상했다. 먼저 연락한 게 후회되었다. 난 할 수 없이 다른 여자 직원과 밥을 먹으러 갔다. 그런데 가는 날이 장날이라고 하필이면 찾아간 식당 저편 구석에서 그 남자가 3명의 여자들과 같이 점심을 먹고 있었다. 나와 있을 때는 편하게 있고 싶다면서 이야기도 잘 안 하면서, 여자 3명한테 둘러싸인 그 남자는 신나서 이야기하다가 웃고 자지러지면서 난리도 아니었다. 난 그 모습을 보면서 기분이 나빴다. 도저히 이건 아닌 것 같았다. 오후에 그 남자한테 메신저를 해서 너무 기분이 나쁘니 오늘은 꼭 둘이서 만나자고 말했다. 난 거지처럼 애걸하는 느낌이 들었지만 이미 지칠 대로 지쳐서 이 관계를 끝내고 싶었다. 아무리 그 남자는 우리 관계가 불륜이 아니라고 해도 난 이 관계가 불륜으로 느껴졌다. 불륜이 아니면 왜 속이고 숨겨야 되지? 원래 참을성이 별로 없고 성격이 직설적인 난, 이런 불충분한 관계가 6개월 정도 지속되자 미치기 일보 직전까지 갔다. 이 더러운 관계는 내가 아무리 가슴이 답답해도 욕 들어 먹을까 봐 누구한테 말도 못하는 그런 관계였다. 난 안 그래도 외로운데 더 외로운 사람으로 변했다.

그날 둘이서 같이 저녁을 먹는데 예상대로 그 사람은 시무룩하게 말을 아끼면서 앉아 있더니 휴대폰으로 문자를 주고받으며 내 말을 건성으로 듣고 있었다. 내 속에 들끓고 있던 짜증이 폭발 직전의 화산처럼 부글거렸다. 이렇게 나한테 집중을 못하는 놈이 뭐가 좋다고, 울컥해서 말했다.

"사람들이 하는 농담에 한 명만 좋아하고 살면 '한심한 놈'이고, 두 명을 좋아하면 '양심이 있는 놈'이라고 하고, 아내도 있고 여러 명 챙기면 '열심히 사는 놈'이라고 하더라. 넌 열심히 사는 놈 같아. 도대체 얼마나 여자들을 더 챙겨야 되는데?"

그런데 내가 그렇게 언성을 높이는데 그 남자는 계속 휴대폰으로 문자를 보냈다. 내 말은 귓등으로 듣고 계속 문자를 10분 이상 보내는 그 사람을 보고 너무 화가 나서 소리를 질렀다.

"그만해! 그만하라고! 사람을 무시해도 분수가 있지. 내 말이 그렇게 우스워? 도대체 누구랑 그렇게 문자를 해? 이름을 말해. 이름을!!!"

식당 사람들이 모두 다 쳐다봤다. 그제야 그 남자는 내가 화가 많이 난 줄 알고 휴대폰을 탁자 위에 놓았다.

"일 때문에 김 대리하고 문자 좀 했어. 제발 좀 그만해. 도대체 이러는 이유가 뭐야? 너무 민감하게 구니까 피곤해. 제발 이러지마. 좀만 기다리면 되는데 왜 자꾸 그래?"

그가 대답했다. 그러면서 화장실을 간다고 나갔는데 마침 휴대폰을 두고 갔다. 난 양심을 시궁창에 찔러 넣고 그 사람의 휴대폰 통화 목록을 보았다. 통화 목록에 남자 김 대리가 아니고 여자 직원의 이름이 있었다. 문자 메시지는 이미 지워서 보이지 않았다. 그리고 그 남자의 아내와 계속 전화한 기록이 있고 내 전화번호는 하나도 없이 지워져 있었다.

(난 그에게 삭제되어야 하는 존재였다.)

그렇게 아내와 사이가 안 좋은데 어떻게 사랑하는 나보다 더 자주 연락을 할 수 있을까? 모두가 새빨간 거짓말이었다. 그 남자가 오기 전에 휴대폰을 제자리에 두고 물을 마시려고 컵을 잡았다. 손이 부르르 떨리며 물이 쏟아졌다. 그 사람이 돌아왔을 때 나는 아무것도 모르는 척 앉아서 다른 말을 했다.

"어제 내 생일이었다. 몰랐지? 하긴 내가 말을 안 했으니까 몰랐겠지. 선물 사달라는 말을 하고 싶은 건 아닌데 좋아하는 사람한테는 뭔가 주고 싶은 것 아닌가? 사랑하면 가진 걸 나누고 싶어 하고 그러는 것

흰 거짓말을 하지 않는다

183

아냐? 돈을 다른 사람한테 얼마나 주고 싶은지가 그 사람을 얼마나 사랑하는지를 나타낸다는 말도 있더라."

"너 정말 짜증난다. 돈 원해? 넌 다른 바람피우는 남자들처럼 내가 너한테 돈 주길 바래? 그걸 원해? 그건 화대를 주는 거와 비슷해. 내 친구들 여자 사귀고 매달 돈 주는 놈들도 있어. 너도 그런 여자 수준으로 떨어지기 원해?"

그가 도리어 화를 냈다. 내가 언제 돈 달라고 했지? 사람 말을 왜곡하는 것도 유분수지. 사귀는 사이에 생일 안 챙겨준다고 투정하는 것도 받아주지 않는 남자와 더 이상 사귀고 싶지 않았다. 난 이 거지같은 관계 때문에 미치고 싶지 않았다.

*

난 그날 밤 맘을 굳게 먹고 그 사람 휴대폰으로 밤 12시에 전화했다. 평소에는 그 사람을 배려하는 맘에 문자 메시지로 확인하기 전에는 전화를 직접 걸지 않았는데 그날 밤은 헤어질 걸 각오하고 전화를 했다. 아무리 전화를 걸어도 안 받아서 계속 더 전화를 했다. 오기가 났다. 결국 그 사람이 받았다.

"도대체 왜 전화했어요? 남의 집에 왜 이렇게 늦게 전화를 해요? 예의가 없네. 중요한 일이 있어요? 누가 아파서 죽어가나요? 차에 치여서 병원에 입원했어요? 그런 경우도 이렇게 밤에 전화하지 말고 아침에 연락해요. 상식이 없어."

수화기 건너편에서 대뜸 그런소리가 들리다가 일순 끊겼다. 자기가 술 마시고 들어갈 때는 외롭다면서 나한테 새벽 1시나 2시에도 전화하는 주제에 난 한 번 늦게 전화해서 미친년 취급을 당했다. 난 울면서 뜬 눈으로 밤을 샜다. 눈이 퉁퉁 부어서 잘 떠지지도 않는데, 정신을 못 차리게 만드는 사람과 죽음보다 더 고통스런 작두 타기를 같이 하며 피를 흘리고 있는 나 자신이 보였다. 새벽녘에 구름을 헤집고 나오는 붉은 해를 보며 '팔을 한쪽 떼어내고 다리는 한쪽 떼어내도 불완전하지 않은 관계는 다시 하지 않으리라' 결심했다. 그리고 그 다음 날 난 더 이상 관계를 계속할 수 없다고 메시지를 보냈다.

'어제는 아내가 옆에 있어서 어쩔 수 없었어. 제발 떠나지마. 난 네가 필요해. 너 없으면 못 살아. 응? 부탁이야.'
난 이를 악물고 그 사람을 연락처에서 삭제하고 차단시켰다.

난 두 달 후 다른 회사로 옮겨 갔다. 하지만 늘 맘 한 구석에는 그 남자를 좀 더 기다려줬더라면 그 남자가 아내와 이혼하고 나한테 오지 않을까 라는 미련? 이루지 못한 사랑에 대한 아쉬움? 그런 미묘한 것이 남아 있었다. 그리고 가끔 그 남자의 손길이 그리워지면 난 그 남자를 끼워서 술자리를 마련했다. 그 사람을 쳐다보면서 술을 마시고 힘들어하다가 집에 혼자 갔다. 표현하기 더러운 기분을 안고……. 그것만 생각하면 가슴이 아련하게 아팠다.

그리고 몇 년이 지났다.

그 동안 내 맘의 상처도 좀 아물었고 이 세상의 누군가에게 내 이야기를 털어놓고 싶었다. 그래서 이전 회사에서 만난 영미 언니에게 짧게 내 이야기를 털어 놓았다.

"언니, 나 사실 그 남자를 좀 더 기다려줬더라면 싶은 맘이 남아 있어. 그 남자가 아내와 이혼하고 나한테 오지 않을까라는 미련? 이루지 못한 사랑에 대한 아쉬움? 그래서 가끔은 그 남자를 끼워서 술자리를 만들고 마주 앉아서 쳐다보면서 가슴 아파하고 그랬어."

"집어치워. 그런 더러운 놈한테 무슨 미련이 남아. 미친놈! 너도 정신 차려. 그놈 다른 여자한테도 이상형이라고 말하면서 친구하자고 접근해서 몇 년을 사귀다가 버렸어. 어쩜 식상하지도 않는지 접근 방법도 똑같네. 정말 끔찍하다."

개새끼!!! 그때 느낀 분노는 너무나 강렬해서 내 몸이 온통 불타는 것 같았다. 내가 지나간 자리와 만진 건 모두 활활 불타오를 기세였다. 실수로 누가 내 몸에 손을 댔으면 분명히 그 자리에서 바로 타 죽었을 거다. 그 사람이 나와 자주 자지 않은 것은 책임을 지지 않기 위해서라는 걸, 그리고 그 사람은 야릇한 연애 감정을 느끼기 위해 나를 이용했다는 걸 그제야 알았다. 미련, 아쉬움, 아련함. 이 모두를 지나가는 개한테 던져줬다. 더 이상 길게 관계를 끌지 않고 그만 둔 나 자신이 진심으로 자랑스러웠다.

그러나 나는 몇 달 동안 어떤 것을 해도 즐겁지 않고 가슴이 답답했다. 뭔가 설명하기 힘든 무거운 짐 덩어리가 가슴을 꽉 틀어막고 있었다. 겉으로는 강하고 즐거운 척 밝게 웃었지만 마음이 자꾸 가라앉았다. 영미 언니한테 전화했더니 맛있는 거라도 먹고 기운 내자고 레스토랑에서 만나자고 했다. 나는 길이 막히지 않아 생각보다 빨리 도착했고 먼저 테이블을 잡고 앉으려고 레스토랑으로 들어갔다. 그런데 웨이터가 자리를 안내해 주겠다고 말했을 때 나는 그 자리에서 꼼짝하지 못하고 한참을 서 있다가 황급하게 뒤돌아서 나왔다. 지하로 내려가 차 안에 앉아서 멍하니 있다가 영미 언니에게 전화해서 다른 인도 레스토랑으로 오라고 이야기했다. 영미 언니가 도착할 때까지 나 미간을 찡그리고 어둠을 주시하고 있었다.

"무슨 일 있어? 왜 음식점을 바꿨어. 왜 그렇게 멍하게 보여?"

"너무 황당해서."

"뭐가 황당한데?"

영미 언니가 다시 물었다.

"아까 먼저 도착해서 레스토랑에서 들어섰을 때 어떤 남자가 꽃을 건네는 것이 확 눈에 들어오더라. 누가 저렇게 꽃을 주나 싶어서 쳐다봤더니 바로 그 남자였어. 그 남자 특유의 순진한 미소를 지으며 앞에 앉은 여자한테 꽃을 주니까 그 여자가 행복한 듯 웃더라."

"정말이야? 그 놈이 다른 여자한테 꽃을 주더라고? 혹시 그 사람 아내는 아니고?"

"아내는 무슨. 20대 말에서 30대 초반처럼 보였는데! 도저히 거기서 밥 못 먹을 것 같아 나왔어. 개새끼, 또 다른 여자한테 껄떡거리네. 정말 짜증난다."

"어쩜 그렇게 뻔뻔하지? 그 여자도 가지고 놀다가 또 버리겠지? 왜 여자들은 그 남자한테 그렇게 넘어 가니?"

"순진해 보여서. 착해 보여서. 바람 같은 것 안 피고 나만 좋아해 줄 것 같거든. 아내를 버리고 나한테 올 것 같거든. 또 쉽게 아내를 못 버리는 것도 착해 보여서 이해가 간다면 말이 되나? 정말 어리석지?"

나는 대답한 후 땅이 꺼질 듯 한숨을 내쉬었다. 둘은 별 말이 없이 밥을 먹었다.

"도저히 참을 수가 없어. 뭔가 해야 될 것 같아."

"그냥 참아. 이제 다 지나간 일이잖아. 이런 말하면 섭섭하겠지만 유부남하고 그러는 건 여자 자신도 책임져야 되는 거야. 처음부터 그런 관계는 시작하지 말아야지."

"언니, 그게 바로 함정이야. 사람들이 다 여자만 손가락질하거든. 왜 처음부터 유부남과 놀아났냐고, 결과가 뻔히 눈에 보이지 않냐고. 그래서 책임 안 지고 버리고, 설령 버림받아도 누구한테 말도 못하고. 저놈이 이걸 이용해서 또 다른 여자한테 덤비는 거지. 내가 받은 상처, 다른 여자들이 받을 상처를 생각하면 치가 떨린다. 남의 맘을 함부로 건드리는 놈은 가만히 내버려 두면 안 돼."

"그래. 뭔가 따끔한 맛을 보여줘야 할 것 같긴 해. 그 놈이 여자가 한이 맺히면 얼마나 무서운 줄 모르네."

언니가 맞장구를 쳤다.

난 영미 언니와 헤어지고 집에 와서도 그 남자 생각을 떨칠 수 없었다. 나 자신 이외에도 또 다른 여자가 이미 상처 받았다는 것, 그리고 또 다른 여자가 그가 쳐놓은 덫으로 걸어 들어가는 걸 상상하니 미칠 것 같았다.

'넌 유죄야. 너의 죄목은 내 맘의 성역을 침범한 죄. 그리고 다른 여자들을 농락한 죄. 난 널 용서할 수 없어.'

그 말이 계속 내 머릿속에 맴돌았다.

*

며칠을 고민하다가 그 남자에게 전화했다. 몇 년 동안 연락을 안 하다가 다시 연락을 받은 그 남자는 기분이 좋은지 얼굴에 홍조를 띠며 약속 시간에 맞춰 나타났다. 속으로 구역질이 올라 왔지만 나는 웃으면서 폭탄주를 만들어서 계속 권했다. 난 마시는 척하면서 물컵에 술을 계속 뱉어냈다. 얼마 지나자 그가 몸을 가누기 어려울 정도로 취해서 화장실에 갔다. 나는 준비해 온 약을 폭탄주에 타서 화장실에서 돌아오는 그 남자에게 먹였다. 계산을 하고 비틀거리는 그 남자를 부축해서 차로 데려 갔다. 차를 타고 얼마 달리지 않아 약이 효과를 발휘했다. 그 남자는 정신없이 곯아떨어져서 발로 차도 전혀 움직이지 않았다. 난 한 강변에 차를 세우고 친구에게 전화를 했다.

밤 11시였다.

얼마 있지 않아 친구가 도착했다. 우리 둘은 한참 땀을 뻘뻘 흘리면

흙은 거짓말을 하지 않는다

서 작업을 한 후 그 남자를 끌고 나가 자동차 위에 엎어뜨렸다. 그리고 우리 둘은 하이파이브를 하며 깔깔거리고 웃었다. 나는 이 소중한 광경을 오래 기억하기 위해 플래시를 터뜨리며 사진을 찍었다. 몇 달 만에 처음으로 가슴이 뻥 뚫린 기분이 들었다.

*

다음 날 아침 직장에 와서 컴퓨터를 켜니 홈페이지에 '한강에 버려진 불륜남'이란 사진이 조회 수 10위를 차지하고 있었다. 예감이 이상해서 얼른 클릭해서 봤더니 새벽에 조깅하러 나왔던 어떤 사람이 그 남자와 차를 찍어서 블로그에 올린 사진이 조회 수가 급증하고 있었다. 사진을 확대해 봤는데 다행히 엎어져 있어서 그 남자 얼굴은 제대로 보이지 않았다. 그 사진을 멍하게 들여다보고 있자니 아침에 자동차 보닛 위에서 심한 갈증을 느끼며 얼굴을 찡그리고 일어나는 그 남자의 모습이 떠올랐다. 그리고 아침 조깅을 나온 사람들이 혀를 차며 지나가는 모습도. 놀란 남자는 얼른 차에서 내려 집으로 갔을 것이다. 차를 몰고 가면서 도대체 무슨 일이 생겼는지 머리를 쥐어뜯으며 괴로워했겠지? 모두가 나간 텅 빈 집에 도착해서 샤워를 하려고 와이셔츠를 벗는 순간 그 남자는 와이셔츠 등판에 빨간 립스틱으로 쓴 글을 봤을 것이다.

'나는 불륜남, 바람둥이'

햇볕에 시뻘겋게 탄 얼굴로 씩씩거리면서 와이셔츠를 벗어 갈기갈기 찢어서 쓰레기통에 집어넣겠지. 그리고 샤워를 하려고 물을 틀면 가슴

한 곳이 마치 불에 덴 듯이 아팠으리라. 물을 끄고 거울에 가슴을 비춰보면 조그맣게 새겨진 문신을 발견했을 것이다.

'불륜남. 개새끼'

혹시라도 지워지는 헤나 문신인가 싶어서 지워보겠지만 지워지기는 고사하고 상처를 건드려서 눈물이 찔끔 나올 영구 문신인 걸 알고 그 남자는 분노에 떨겠지? 문신 제거 수술을 받을 성형외과를 검색하려고 떨리는 손으로 컴퓨터를 켜는 순간 웹 사이트에 한강변 주차장에 서 있는 자신의 차가 보이고 '한강에 버려진 불륜남'이란 제목도 보였을 것이다. 얼굴이 보이지 않아서 얼마나 다행이라고 생각할까? 그리고 주차장에 가면 차가 이상하다는 걸 알아차릴 것이다. 어젯밤 우리 둘이서 뾰족한 못 같은 걸로 차 전체를 돌아가면서 '나는 불륜남, 나는 바람둥이'라고 계속 써놓았으니까……. 자동차 수리 센터로 차를 몰고 가며 계속 미친 듯이 소리를 지르고 괴로워할 그 남자의 표정이 떠올랐다.

이 순간을 얼마나 애타게 기다렸던가? 그런데 이상하게 통쾌하거나 즐겁지 않았다. 내가 과연 이 사람을 진심으로 좋아한 것이 맞나 싶었다. 한때나마 나의 모든 것을 줄 듯이 사랑했던 사람을 이런 식으로 창피를 주는 나도 그와 못지않게 신의를 배신하는 사람으로 느껴졌다. 헤어진 이후 처음으로 그 남자에 대해 분노가 아닌 측은지심이 들었다. 도대체 무엇이 이 남자를 여러 여자를 거치며 헤매게 만들었을까? 왜 한 사람한테 만족을 못하고 계속 새로운 흥분과 죄책감을 찾아 떠도는 걸까? 꼬리가 길면 잡힌다고 하는데 몇 년째 바람피우는 이 남자의 행실을 그의 아내는 정말 모르는 걸까? 만약 안다면 자식 때문에 같이 사는 걸까? 두 사람은 자신의 행복보다 타인들에게 비치는 자신의 모습을 더 사랑하는 걸까? 이혼했다는 꼬리표를 달고 사는 삶보다는 남들한테 번듯이 비치고 뒤에 숨어서 누군가를 곁에 두려는 이기심 때문에 저렇게 사는 건 아닐까? 그날 난 두 사람 모두 자신의 감정과 영혼에 충실한 삶을 살아가길 간절히 빌었다.

*

난 요즘 도자기를 만들러 다닌다. 주말에 흙을 캐러 산에 갈 때 꼭 따라가고 회사를 일찍 마치는 날에는 공방에 들리는 경우가 많다. 흙을 주물럭거려서 원하는 모양이 만들어지면 흥분해서 소리를 지르기도 한다. 난 흙이 세상에서 가장 좋다. 왜냐면 흙은 남자와 달리 거짓말을 하지 않기 때문이다.

직장에서 개같이 돈 벌어서 도자기 구우러 다니는 사람이 바로 나다. 난 혼자서 도자기를 만들 때 제일 편하다. 그리고 아주 가끔 그 거지 발싸개처럼 미련스러운 시절이 떠오르면 흙에 그 생각까지 넣어서 자근자근 밟아서 펄펄 끓는 1300도 불가마에 넣어서 구운 뒤 꺼내서 망치로 가루가 될 때까지 마구 내리쳐서 깨어 버린다.

개를 데리고 다니는
남자

한참을 잤는데 아내가 다른 친구와 전화하는 소리가 들렸다. 깔깔거리며 웃는 소리가 아플 때 들으니 여간 거슬리는 게 아니었다. 조용히 하라고 말하려고 문 쪽으로 걸어가다가 아내가 무슨 이야기를 하나 문득 궁금해졌다. 난 나도 모르게 숨을 죽이고 들었다.

어색한 만남

카페 문이 열리고 선배 누나가 들어왔다. 내가 누나를 향해 어색한 웃음을 짓고 앉아 있었지만, 누나는 나를 지나치고 카페 안을 두리번 거렸다.

"누나! 여기야. 여기!"

나를 보고 놀란 듯 휘둥그레 커져버린 누나의 눈동자가 멀리서도 보였다.

선배 누나는 그제야 내 자리로 다가와 맞은편에 앉았다. 멀뚱히 나를 더듬는 선배누나의 시선이 어딘가 불편한 것 같아 보였다.

"우와 반갑다. 세월 탓인지 금방 못 알아봤어. 지금 가까이 보니까 하나도 안 변했네. 잘 지냈니?"

누나는 20년 전 그대로 말투에서 예의가 묻어나는 바른 여자……

개를 데리고 다니는 남자

"난 많이 변했지. 머리도 벗겨지고 살도 찌고 피부도 나빠지고……. 누나는 정말 하나도 안 변했네. 문 열고 들어오는 순간 알아봤어. 어떻게 세월의 흔적이 안 남았누?"

진심이었다. 저 여자를 상대로 내가 '누나'라고 부르는 것이 사람들한테 우습게 비칠 정도로 누나는 젊고 앳된 여자가 돼 있었다. 아니, 선배 누나는 20년 전보다 훨씬 더 예쁘다고 하는 게 맞았다. 대학생 때의 누나는 시골에서 갓 올라와 어딘가 촌스럽고 자신감도 없었을 뿐 아니라 피부까지 안 좋았다. 선배를 세련되고 자신감 있는 모습으로 깎아 놓은 세월의 칼날이 목 언저리에 와 닿는 듯 그제야 실감이 났다.

"외모는 별로 안 변했을지 모르지만 세월이 가슴을 지나갔지. 여러 가지 일이 많이 있었는데 다 지나고 보니 별 것 없더라. 난 지금이 행복하고 현재의 내 모습이 정말 좋아."

이십년 전 그때와 다름없는 단어의 선택, 어딘가 국어교과서를 읊고 있는 듯한 누나 특유의 말투 끝에는 자신감이 묻어나 있었다.

"응, 누나 말대로 지금 참 행복하게 보인다."

내 말에 선배는 빙그레 웃었다.

*

선배와 나는 23년 전, 학교 모임에서 만났다. 선배는 나보다 한 살 더 많았지만 전혀 선배로 느껴지지 않는 그런 사람이었다. 우리는 그때 여러 과에서 모여 토론회를 하고 있었는데, 사람들이 주제를 놓고 열심히 떠들면 선배는 아무 말도 하지 않고 열심히 듣는 사람이었다. 자기주장을 거의 하지 않고, 있는 듯 없는 듯 조용히 왔다 갔다 하는 그런 부류에 속했다. 나처럼 열심히 활동하고 토론하는 사람들 사이에 그 선배는 너무 존재감이 없었다. 누구의 관심 영역 안에 들지 못하는 무색같은 사람이라는 표현이 맞았다. 서울 토박이인 내가 보기에도 선배는 너무 경상도 뚝배기 같은 여자랄까……?

내가 첫사랑한테 심하게 차이고 누구한테 하소연하고 싶을 때 제일 먼저 떠오른 사람이 바로 이 선배였다. 그때 왜 그 선배가 떠오른 건지 이상한 일이었다. 누구 욕을 한 적도 없고 아무도 비난하지 않는 그녀가 내 아픔도 자신의 가슴에 잘 파묻어 줄 것 같았기 때문이었다. 난 도서관에서 공부하고 있는 선배를 밖으로 데리고 나와 소나무 아래 앉아서 내 쓰라린 첫사랑 이야기를 주절주절 늘어놓았다. 내 말을 무조건적으로 수용해줄 누군가가 필요했었는지도. 선배는 끝까지 아무 말도 안하고 듣더니 내가 말을 마치고 나서야 입을 뗐다.

"너한테 정말 좋은 여자가 나타날 거야. 네가 다른 어떤 것이 되길 바라지 않고, 너 있는 그대로를 사랑해 줄 그런 사람이 얼른 나타나기 바라."

누구나 할 수 있는 말이었지만 이상하게 선배의 말이 위로가 되었다. 그리고 몇 달 후에는 그 선배에게 지금의 아내를 소개했다.

"이제 너 있는 그대로를 사랑해 줄 사람을 만난 거야?"

나는 그렇다고 자신 있게 대답해주었고, 졸업하고 1년 있다가 아내와 결혼했다.

그리곤 그 선배를 잊었다. 까마득히……

언젠가, 어디서 그 선배가 이혼했다는 소문도 들었지만 난 연락하지
않았다. 그때까지는 내 삶이 견딜 만했기 때문에……. 그리고 이번에
내가 연락을 했다. 내 삶이 견디기 힘들었기 때문에……. 미안한 일이
지만, 그때도 그렇고 지금도 그렇고 난 필요할 때만 이 선배 누나를 찾
았다.

*

이혼하고 초라하게 살 줄 알았던 선배 누나가 행복해 보이는 모습
으로 내 앞에 나타났다. 난 속으로 당황하여 내 이야기를 하지 못했다.
도대체 난 이 만남에서 뭘 기대했을까? 난 집으로 돌아오는 동안 내내
생각했다. 왜 이전처럼 내 고민을 말하지 못했을까? 집에 도착할 때쯤
난 겨우 그 답을 얻었다. 이유는 나보다 못한 사람을 만나서 위안을 얻
고 싶었던 거였다. 연애 한 번 못하고 찌질하게 하숙집과 도서관만 다
니고 남자 손 한 번 못 잡아 본 그녀 앞에서 '난 이렇게 장렬하게 사귀
고 헤어지기까지 했다'는 우월감을 과시하기 위해서였다. 대학 때 선
배한테 연애하다 헤어진 이야기를 떠들었던 이유가 바로 우월감이었
다. 그리고 그런 속내를 내비친 선배한테, 난 다시 일어서서 예쁜 여자
만나서 결혼한다고 자랑하고 우쭐거리고 싶어서 아내를 소개했던 것
이다. 또 그 당시 선배는 취직이 잘되지 않아서 준비하고 있었고 그때

까지도 제대로 된 연애 한 번 못하고 살고 있었다. 20년이 지난 후 이번 만남에서도 난 선배의 초라함 앞에 뭔가 우월한 위안을 얻고 싶었던 건 아닐까 싶었다. 그런데 예상 밖으로 진정 행복해 보이는 선배의 모습에 내가 원하던 말들을 하나도 늘어놓지 못하고 헤어졌다.

"누나, 나 의사 협회 회장으로 선출됐어. 만장일치로 내가 선출됐지. 역사 이래 처음이래. 대단하지?"

"아니. 하나도 안 대단해. 왜 그렇게 살아? 그렇게 만장일치로 다른 사람 맘에 들기 위해 너 자신을 얼마나 희생해야 될까?"

웃고 있는 내 앞에서 선배는 딱 잘라 이야기했다. 난 속으로 흠칫 놀랐다. '어떻게 날 이렇게 정확하게 파악했을까.'

"에이 그래도 남들 못하는 것 했는데 대단하다고 해 주지……. 많은 사람들이 좋아하는 게 얼마나 힘든데."

예전과 다른 누나의 태도에 나는 어이가 없었다.

"예수님도 인류의 반이 싫어하는데 평범한 우리를 싫어하는 사람이 좀 많겠니? 그걸 다 좋아하게 만들려면 너무 힘들 것 같아. 그래. 네가 좋아하니까 대단한 일했다고 생각할게."

난 그때부터 선배와 같이 있는 시간이 싫어지기 시작했다. 어서 빨리 헤어지고 싶었지만 못다 한 말이 있는 것 같았다. 그래서

"선배는 어떻게 하다가 이혼했어? 이유가 뭐야?"

나는 은근히 선배 아픈 곳을 찌르며 물었다. 난 선배누나가 지지리 궁상으로 살다가 헤어진 이야기를 기대하며 그때는 내가 한소리를 해줘야지 하는 생각으로 쳐다봤다.

"그 주제로 별로 말하고 싶지 않은데. 부부가 헤어지는 데는 두 쪽 모두 책임이 있고 서로 맞지 않아서 헤어진다는 말 이외에는 하고 싶지 않아."

선배의 대답에 당황스러워졌다. 내 예상이 빗나갔다.

"그래 알아. 사람들 모두 그냥 성격이 안 맞아서 헤어진다고 하지. 그런 피상적인 것 말고 좀 자세히 이야기해봐. 오랜만에 만났는데."

"몇 십 년이 흐르는 동안 내가 힘들 때 한 번도 연락하지도 않고, 걱정하지 않은 사람한테 내 이야기를 할 필요가 없다고 생각되는데. 앞으로 서로 친해져서 내가 스스로 말하고 싶을 때까지 이런 이야기를 하라고 강요하지 않았으면 한다. 알았지?"

부드럽게 말했지만, 어쨌든 내 질문에 답을 하지 않았다. 난 이상하게 속이 배배 꼬이는 느낌이 들었다.

'뭐야, 지가 언제부터 저렇게 당당했어?'

"누나 많이 변했다? 대학 때는 달랐던 것 같은데. 다소곳하고 사람들이 뭐라고 해도 잘 받아주고 유순했던 것 같은데. 내가 잘못 봤나?"

"내가 다소곳하지 못한 점이 뭐니? 사람은 누구나 원하는 걸 물을 수 있고 원하는 걸 답할 수 있어. 넌 원하는 걸 물었고, 난 원하는 만큼만 답을 한 건데. 여기에 유순과 다소곳함이 무슨 관련이 있지? 내가 변했다고 느껴서 맘에 안 들면 더 이상 만나지 않으면 되잖니? 몇십 년을 안 만나고 살아왔는데 다시 안 만나면 무슨 상관이야? 안 그래? 억지로 기분 좋은 척하며 앉아 있지 말고. 우리 가자. 오케이?"

선배는 애써 밝게 이야기하며 일어서자고 했다.

난 속내를 들킨 것 같아서 뜨끔했다. 전혀 불편하지 않다, 선배와 더 이야기하고 싶다고 변명했지만 선배는 의외로 단호했다. 선배의 단호함에 끌리는 척 일어서 헤어지면서 난 속으로 잘되었다고 생각했다. '10년이면 강산이 변한다고 했는데, 20년이 흐르니 사람이 변하는구나. 경상도 뚝배기 같은 여자였는데…….'

*

선배 누나와 헤어져서 집에 돌아와 거울을 들여다보았다. 대학교 때는 키도 크고 옷도 깔끔하게 입고 귀엽게 생겨서 나름 잘 나가는 놈이었는데……. 29살 때부터 앞머리 선이 점차 뒤로 후퇴하고 있다는 걸 느꼈다. 아침마다 바닥에 떨어진 머리카락을 보면 가슴을 면도칼로 얇게 벗겨내는 기분이 들었다. 몇 가닥 남은 머리는 길게 길러서 뒤로 넘겼다. 가끔 진료에 방해가 되면 고무줄로 질끈 묶기도 했다. 아내는 그게 더 나이 들어 보인다고 몇 번이나 잔소리를 했지만, 소중한 머리카락을 좀 더 간직하고 싶은 내 심정을 어떻게 이해시키랴. 그리고 점점 넓어지는 이마를 보상하는 심리로 항상 청바지가 보이도록 진료할 때에도 입고 다녔다. 내 마지막 자존심이랄까? 한 살이라도 젊어 보이고 싶었다.

자신감이 사라지니 허리는 점점 더 굽어가는 것 같았고 피부도 탄력을 잃어 눈도 처져서 원래보다 작아 보였다. 또 얼굴에는 뒤늦게 여드름이 자꾸 났다. 결혼하면 피부 나쁜 것이 낫는다고 하지만 아내와 난 처음부터 그 부분이 맞지 않았다. 가뭄에 콩 나듯이 자다가 아기를 가질 수 없다는 걸 알고 나서는 그냥 친구처럼 동거하고 살았다. 친구들은 문명의 도움을 받으라고 했다. 머리도 심고, 여드름 치료도 받고, 쌍꺼풀 수술도 하고, 피부 마사지도 받고, 돈 있는데 왜 그렇게 사냐고……. 그러나 난 그러고 싶지 않았다. 그렇게까지 발악하고 살면 뭐하나 싶었다.

내 아내는 나이가 들어도 예쁘고 날씬했다. 또래보다 세련되고 웃을 때마다 눈꼬리에 앙증맞게 주름이 지는 모습도 젊을 때 그대로였다. 나보다 한 살 어리지만 이제는 같이 다니면 15살은 젊게 봤다. 가끔은 부부라고 하면 깜짝 놀라면서 내가 이혼하고 젊은 여자와 다시 결혼했다고 생각하는 사람도 있었다. 이런 말을 들으면 아내는 깔깔거리고 웃으며 좋아했고 사람들은 한 마디씩 농을 쳤다.

"이런 미인 아내를 두셔서 정말 좋으시겠어요. 절대로 집안일 같은 건 시키지 말고 고이고이 모셔야 되겠어요. 남편은 나이도 훨씬 들어 보이는데 부인 조심, 허리 조심하시구요." 난 이런 이야기를 들을 때마다 속이 벌벌 떨렸다.

그리고 난 내 아내를 경멸한다.

폭
로

    3년 전 일이었다. 병원에 있을 때 나는 아내에게 거의 전화하지 않았다. 각자 삶을 살면서 서로를 존중해 주자는 것이 내 생활 신조였기 때문이다. 그런데 그날은 몸이 안 좋았다. 건강한 체질이라서 연일 술을 마셔도 감기 한 번 안 걸리고 잘 살아온 편이었는데 그날은 좀 달랐다. 으슬으슬 한기가 느껴지더니 뼛속까지 아파서 못 견딜 지경이었다. 할 수 없이 병원을 일찍 닫고 집에 와서 자고 있었다. 아내는 외출했는지 안 보였다. 난 전화하기도 귀찮아서 연락도 안 하고 내 방에 누워서 자고 있었다. 한참을 잤는데 아내가 다른 친구와 전화하는 소리가 들렸다. 깔깔거리며 웃는 아내의 목소리가 아플 때 들으니 여간 거슬리는 게 아니었다. 조용히 하라고 말하려고 문 쪽으로 걸어가다가 문득 아내가 무슨 이야기를 하나 궁금해졌다.

난 나도 모르게 숨을 죽이고 들었다.

"응, 그 남자가 사람들 다 모여 있는데 나를 자기 아내라고 소개하더라. 미치지 않았니? 들키면 어쩌려고 그러는지. 아무튼 남자들은 다 똑같아. 사람들이 '우와! 사모님께서 너무 아름다우시네요. 이런 분이 사모님인 줄 몰랐어요.'하고 말하니까 그 남자가 어찌나 우쭐대며 좋아하던지. 하하. 정말 바보들이야. 그리고 골프 치고 집에 오는 길에 같이 잤지…….

뭐 별루였어. 이번 사람은 좀 너무 늙었더라. 점잖고 날뛰지 않아서 잠시 같이 놀았는데 별루. 그리고 호텔 라운지에서 저녁 먹고."

난 피가 거꾸로 치솟았다.

"물론 돈 많이 썼지. 미안하냐고? 왜? 나 하나도 안 미안해. 그 놈들 다 회사 카드 써. 자기들 돈은 땡전 한 푼도 안 쓴다. 그런 회사들 안 망하나 몰라. 그렇게 눈 먼 돈을 여자 꼬시는 데 쓰는데. 쯧쯧. 다시는 안 만날 거야.

아니, 내가 요즘 찍어둔 사람이 있거든. 그 사람 공략해 보려고…….
처음에 나 같은 팜므파탈을 돌덩이 보듯이 하는 거야. 그게 말이 되니? 내가 앞에서 얼쩡거리면 남자들이 보통 눈도 못 떼는데 그 사람은 날 투명 인간 취급하는 거야. 어찌나 자존심 상하던지. 그 남자 친구한테 골프 라운딩을 가자고 했더니 당장 그 남자와 다른 남자를 넣어서 날을 잡는 거야. 골프 약속도 잡혔고, 그놈도 남자니까 나를 흘낏흘낏 보더라. 골프장 갈 때부터 일부러 차를 안 가져가고 그 남자 차를 타고 갔어. 내가 전화해서 부탁했더니 곤란한 척하면서도 예의 바르게 태

206

워준다고 하더라. 춘천 가는 길을 달리면서 둘이서 이야기를 나눴는데 부끄러움을 타면서도 의외로 아는 것도 많고 대화가 잘 통하더라니까. 그런데 웃긴 게 내가 옆에서 먹을 걸 입에 넣어주려고 하니까 화들짝 놀라면서 운전할 때는 아무 것도 안 먹겠다고 얼굴을 붉히더라. 너무 순진하니까 꼭 잡아야 되겠다는 생각이 자꾸 들더라고. 운전하는 그 남자 다리에 손을 얹고 이리저리 만지고 싶어서 혼났다니까. 짧은 치마를 입고 다리를 벌리면서 다시 꼬고 하니까 자기도 모르게 내 다리를 쳐다보다가 나랑 눈이 잠시 마주쳤는데 흠칫 놀라면서 침이 잘못 들어갔는지 계속 기침을 하더라고. 귀엽지? 카트 탈 때도 꼭 그 남자 옆에 붙어 앉으니까 계속 옆으로 비키면서 되도록 내 몸에 안 닿으려고 애쓰더라. 다른 남자들은 이미 질투의 눈빛으로 쳐다보는데 이 남자는 그늘집 창 밖만 뚫어지게 쳐다보면서 멋있다고 감탄하잖아. 목석도 그런 목석이 없더라. 조선 시대에 열녀문 세운 과부 꾀어내리고 담을 타고 넘는 한 량 심정이 딱 내 심정이었다니까.

어떻게든 내 손에 넣고 말겠다는 심정이었지. 집에 오는 길에 내가 준비한 선물을 주면서 같이 저녁 먹자고 했더니 가족이 기다리고 있어서 안 된다더라. 말이 되니? 기가 막혀서. 그런데 그 순간 화를 내면 나만 품격 없어지는 거야. 난 쌩긋 웃으면서 나도 남편이 기다리고 있어서 가는 게 좋겠다고 잘 지내라고 그러고 빨리 집으로 갔지. 며칠 뒤에 선물 받은 게 미안한지 골프장에서 마주치니까 점심 먹으러 가자고 하더라. 일식집에 가려고 엘리베이터를 탔을 때 그 남자 손을 가만히 잡으니 손을 빼려고 하더라. 그래서 내가 더 꽉 잡으면서 '사귀자는 거잖아요. 이혼하고 결혼하자는 게 아니고. 그냥 편할 때 한 번씩 만나는 쿨한 관계 어때요?'라고 물으니 마누라한테 미안하고 자식들한테 떳떳하지 않은 아빠가 되기 싫다는 거야. 이렇게 부정한 관계를 가지면 애들이 잘못해도 야단도 못 칠 것 같다고 하더라. 난 아무 말 안 하고 일식집에 먼저 들어가서 가장 외진 방을 달라고 했어. 차례로 나오는 음식을 다 먹고 후식 먹을 때 내가 옆에 가서 키스하니까 그 남자도 더 이상거부하지 않고 나한테 키스하더라. 점심값도 회사 카드로 안 내고 자기돈으로 내더라. 난 그런 남자 처음 봤어. 몇 번 더 만나고 같이 잤어. 그런데 마른 장작이 화력이 좋다더니 그 말이 딱 맞더라. 근육질로 다져진 몸으로 강하게 나를 뚫고 들어오는데 정신이 혼미해지더라니까. 정말 최고였어. 지금도 그 부분에서 그 남자가 느껴진다니까. 지금까지만난 남자 중에 제일 괜찮아. 요번 주말에는 둘이서 경주 가려고.

남편한테는 동창 아버지 돌아가셔서 장례식 간다고 하려고. 들킨다고? 괜찮아. 그 둔탱이가 뭘 알겠어. 이러고 산 지 몇 년이 흘러도 전혀눈치를 못 챈다. 그것도 웃기지? 이번 남자는 좀 오래 갈지도 몰라. 두고 봐야지. 그런데 너 이거 아무한테도 말하면 안 된다. 나도 네 약점잡고 있는 거 알지? 그래. 알았어. 조만간 만나. 나 이제 끊고 샤워할게.안녕"

난 다리에 힘이 풀려서 다시 침대로 기어 올라갔다. 머리가 빙글빙글 돌고 배신감이 뱃속을 휘젓고 다녔다. 열을 가라앉히려고 숨을 크게내쉬고 들이쉬고 했지만 도저히 참을 수가 없었다. 난 밖으로 나가서 목욕탕에 있는 아내에게 얼른 나오라고 소리 질렀다. 아내는 놀라서 나체로 뛰어 나왔다. 강아지와 고양이도 놀라서 소파 뒤로 기어들어갔다.

"언제 왔어?"

아내가 물었다.

"지금 그게 중요해? 나 다 들었어. 너 여태 그러고 다닌 거야? 내가 준 돈 가지고 그딴 짓하며 다닌 거냐고?"

내가 소리를 지르자, 아내는 집 개 훈련시키듯 대꾸했다.

"왜 소리 질러. 뭐 잘한 게 있다고. 조용히 입 다물고 앉아."

흥분도 하지 않고, 오히려 내가 잘못했다는 듯한 말투였다.

"너 지금 뭐라고 했어? 잘못은 네가 했는데 나한테 뭐 잘한 게 있냐고 물어? 적반하장도 유분수지. 너 미쳤어? 머리가 어떻게 된 것 아니니?"

내가 다시 소리 질렀다.

"아. 정말 시끄럽네. 몇 년 동안 모르고 지냈다가 지금 알아서 열받냐? 이건 모르고 알고의 차이일 뿐이야. 지금까지 몰라서 잘 살았고, 지금 알게 된 거고. 머리 좋잖아. 잘 생각해 봐. 그리고 나도 사람이야. 너 나를 여자로 안 보잖아. 우리 같이 잔 것 몇 번이나 된다고 생각해? 내가 평생 아무 남자하고도 안 자고 그냥 죽기 바래? 난 싫어. 예쁜 몸 가지고 태어났는데 왜 그래야 되는데? 남자 구실 못하는 너 자신을 원망해."

아내의 대사는 마치 삼류 드라마의 한 장면을 연상케 만들었다.

"아무리 그래도 결혼을 했으면 약속을 한 거지. 둘이서 어떤 상황에서도 참고 견디고 함께 하기로. 그런데 그런 약속을 헌신짝처럼 버리고 어떻게 이런 짓을 하고 날 속였어? 왜 나하고 이혼하고 살지 그랬어?"

"내가 왜 이혼해? 난 돈이 좋아. 넌 돈 벌어 주는 기계고. 그 덕분에 가지고 싶은 것 다 가지고 파출부 쓰고 편하게 사는데 왜 이혼해. 안 그 래? 그리고 이혼녀보다 의사 부인이 훨씬 있어 보여. 너도 이혼하기 싫 을 걸. 요즘 네 몰골 보고 결혼할 사람은 또 돈이나 보고 올 텐데. 그냥 지금처럼 살아. 전화 내용은 못 들은 걸로 하면 되잖아. 머릿속에서 지 우고 지금처럼 조용히 집하고 병원 왔다 갔다 하면서 살아. 나도 퇴근 시간 맞춰서 올게. 지금처럼."

그렇게 말하는 아내가 너무 뻔뻔하게 보여서 내가 지금까지 알고 지 내던 사람이 맞나 싶었다. 너무나 낯설었다.

"이혼하자. 이혼하자고. 난 알고는 이렇게 못 산다. 너처럼 뻔뻔한 여자하고 못 산다고. 이혼하자. 이혼하자고!"

"아, 시끄러워. 넌 이혼하고 다른 여자하고 살아도 마찬가지야. 그 여자하고도 같이 못 자잖아. 그럼 나처럼 되는 건 오늘 내일일걸. 그냥 포기해. 팔자가 그런 걸 왜 그렇게 악을 쓰냐?"

아내는 태연했다. 오히려 그런 일을 저질러놓고도 당당했다.

"너와 한 집에 있기 싫다. 당장 나가. 당장 나가라고."

"좋아. 그 대신 개는 내 꺼야. 내가 친정에서 데리고 왔으니까 내가 데리고 간다. 알았지?"

아내의 말투, 아내의 표정, 의도……. 모두가 한편의 연극 같았다.

"왜? 핑키는 내 개야. 나를 얼마나 따르고 항상 나하고 자는데. 왜 네가 데리고 가?"

내가 소리 지르자, 제 이름을 들은 핑키가 내 무릎에 쪼르르 와서 앉았다. 그리고 내 손을 핥고 목에서 그릉그릉 소리를 냈다. 그 분노의 순간에도 핑키가 귀여워서 나도 모르게 살짝 입꼬리가 올라갔다. 아내는 그걸 놓치지 않았다.

"저것 봐. 개한테 하는 것 백분의 일만 사람한테 해 봐. 이런 일이 생기나. 쯧쯧. 내 개니까 내가 데리고 나갈게. 재산은 반으로 나누고. 어때?"

아내가 말했다. 난 말 없이 핑키를 껴안고 내 방으로 들어갔다. 고양이도 따라 왔다. 내가 집에 오면 반겨주는 유일한 녀석들. 내 유일한 취미가 개와 고양이 먹이 주고 똥 치워주고, 산책시키고 같이 샤워한 후 노는 거였다. 인터넷에서 먹이를 사도 좋지만 난 항상 마트에 가서 제일 좋은 걸로 먹이를 사왔다. 한 근에 4만원씩 하는 프라임 한우를 사서 살짝 익혀 특식으로 주기도 했다. 자식키우는 부모 마음이 그런 마음일까? 놈들이 아작아작 먹는 모습을 보면 내 맘도 뿌듯했다. 산책 나가면 사람들이 핑키한테 예쁘다고 말을 걸어오는 게 좋아 옷도 예쁜 걸로 사 입히고 미용실도 자주 데리고 다녔다. 주말에는 애견 카페에 가서 친구 개들과 놀게 했고, 핑키와 같이 음악도 듣고 드라이브도 다녔다.

내 방 중앙에는 고양이 둥지가 높이 세워져 있고, 또 개집도 순 실크로 패딩된 폭신한 매트를 깔아줬다. 그런데도 두 녀석 모두 내 침대에 올라와 나에게 몸을 붙이고 얌전히 잠을 잤다. 아침이 되면 고양이와 핑키는 샤워하는 내 옆에 와서 쳐다보다가 물을 핥아 먹었다. 아침마다 핑키를 개 유치원 차가 데려가면 자식 떼놓는 아비처럼 맘이 아픈

데, 그런 핑키를 데리고 가겠다고 선포하는 아내. 난 그녀의 악날함에 치를 떨었다. 하지만 난 도저히 핑키를 보낼 수 없었다. 최근 들어 더욱 아파서 힘없는 핑키가 애처로워서라도 도저히 아내에게 줄 수 없었다.

'그래. 지금까지 모르고 살았는데 핑키가 죽을 때까지만 같이 살자. 핑키가 죽으면 증거자료 모았다가 소송걸어서 위자료 한 푼 안 주고 쫓아내야지. 그래. 내가 핑키를 어떻게 주냐? 내가 좀만 더 참자.'

그리고 그 이후 난 쭉 참으며 살았다.

*

선배 누나를 만나고 한 달 정도 지난 후 난 핑키와 같이 저녁 산책을 나갔다. 내가 운동화를 신는 동안 핑키는 좋아서 숨을 할딱거렸다. 9층에서 문이 열리고 아장아장 걷는 꼬마 여자와 그애 엄마가 탔다. 꼬마 여자애가 핑키를 보더니 좋다고 팔짝거리다가 만지려고 다가왔다.

"수정아, 만지지마. 할아버지가 싫어하셔."

아기 엄마가, 주의를 줬다.

할아버지.

할아버지.

내 나이 44살…….

엘리베이터 거울에 비친 내 모습을 힐끗 봤다. 머리가 더 빠진 것 같고 허리는 더 구부정했다. 1층 문이 열리자 노화로 한쪽 눈이 잘 보이지 않는 핑키가 가자고 줄을 당겼다. 늙은 개와 구부정한 내가 걸어 갔다. 그런데 자꾸만 허리를 꼿꼿이 세우며 당당하게 그만 일어나자고 말하던 선배 누나가 떠올랐다.

밤바람이 비 오기 전처럼 후텁지근하고 끈끈했다.

'그래. 핑키가 죽을 때까지만 참자. 핑키가 죽을 때까지만…….'

Epilogue

나는 이 글을 쓰면서 무척 괴로웠다. 결코 답이 나오지 않는 비정상적인 관계를 묘사하는 것은 내 삶까지 피폐하게 만드는 느낌이 들었다. 그만 두고 싶어 던져두었다가 다시 잡고 씨름하길 몇 번이나 반복했는지 모른다. 그리고 몸서리치게 더운 어떤 여름 날, 더 이상 내 글을 들여다 볼 수 없다고 느껴졌을 때 난 감히 글을 완성했노라 말하며 출판사에 원고를 넘겼다.

남들에게 보이기 창피할 만큼 호흡이 거친 글을 감히 독자에게 선보이는 이유는?

이 글에 담긴 진정성 때문이라고 말하고 싶다. 세상의 손가락질이 무서워서, 스스로 부끄럽고 창피해서, 신에게 부끄러워서, 어느 누구도 자기편이 되어주지 않을 것 같아 혼자 울며 숨죽이는 이들의 슬픔과 고뇌가 이 책에 고스란히 담겨있기 때문이다. 마음의 짐을 털어 놓지 못해 무거운 납덩이를 안고 사는 사람들, 진솔하고 정직하지 못한 관계를 끊어내지 못해 가슴 아픈 사람들이 이 글을 통해 조그마한 위안과 용기를 얻기 바라며 이 책을 과감히 세상에 노출하려고 한다.

관계를 속이며 유지하는 자들의 죄가 '타인의 마음 성벽을 침범한 죄'라면, 실낱같은 희망을 놓지 못하고 잘못된 관계를 계속하는 이들의 죄는 아마 '자신을 진정으로 사랑하지 않은 죄'가 아닐까? 하지만 나와 친한 직장 동료가 자살한 친구의 장례식에 다녀와서 내게 한 말이 생각난다.

"모든 사람은 타인이 간섭하거나 비난할 수 없는
자신만의 지극히 개인적인 생존 방법이 있다."

아마도 우리 모두가 살아가는 행태를 가장 정확하게 묘사한 말이 아닐까 싶다. 딸이 두들겨 맞을 때 자신의 체면만 생각하는 엄마도, 때리는 아빠를 말리기 위해 프라이팬으로 내리치는 딸도, 끊임없이 잔소리를 하는 부모도, 아내의 부정을 알면서도 떠나지 못하는 남편도, 남편이 자신을 만지지 않아 뜨거운 육체를 주체하지 못하는 여자도, 자식 때문에 돈도 주지 않는 남편을 떠나지 못하는 아내도, 모두 각자의 모습으로 자신의 소중한 삶을 살아가는지도 모른다.

오직 자신만이 스스로를 행복하게 만들 수 있다.
나를 위해 용감해지자.
그럼 위대한 힘이 다가와 나를 도울 것이다.